欲成就经典，必先自成一格。

U0361613

Marcel Proust à 20 ans

20 岁的普鲁斯特

追 忆 的 时 光

［法］让-帕斯卡尔·马耶 著 　　孔庆敏 译

清華大学 出版社

北 京

北京市版权局著作权合同登记号　图字01-2017-5750　号

Marcel Proust à 20 ans:Le temps de la recherche by Jean-Pascal Mahieu
© éditions Au diable vauvert, 2010
Simplified Chinese edition arranged through Dakai Agency Limited
ALL RIGHTS RESERVED
EISBN: 978-2846262279

图书在版编目（CIP）数据

　20岁的普鲁斯特：追忆的时光 ／（法）让-帕斯卡尔·马耶著；孔庆敏译. — 北京：清华大学出版社，2020.1
　（他们的20岁）
　ISBN 978-7-302-53150-0

Ⅰ．①2… Ⅱ．①让… ②孔… Ⅲ．①中篇小说－法国－现代 Ⅳ．①I565.45

中国版本图书馆CIP数据核字（2019）第115564号

责任编辑：纪海虹
封面设计：嘉荷x1　夏玮玮
责任校对：王荣静
责任印制：刘海龙

出版发行：清华大学出版社
　　　　网　　　址：http://www.tup.com.cn，http://www.wqbook.com
　　　　地　　　址：北京清华大学学研大厦A座　　邮　　编：100084
　　　　社 总 机：010-62770175　　邮　　购：010-62786544
　　　　投稿与读者服务：010-62776969，c-service@tup.tsinghua.edu.cn
　　　　质量反馈：010-62772015，zhiliang@tup.tsinghua.edu.cn
印 装 者：北京嘉实印刷有限公司
经　　销：全国新华书店
开　　本：125mm×180mm　　印　　张：5.75　　字　　数：71千字
版　　次：2020年1月第1版　　印　　次：2020年1月第1次印刷
定　　价：39.00元

产品编号：073087-01

我们总要度过一些起起伏伏的艰难时日

不知何时才是尽头

也终会迎来平坦的旅途

一路高歌

奔向前方

——马塞尔·普鲁斯特，《在斯万家那边》

"头发，栗色；眉毛，深栗色；眼睛，栗色；前额，低；鼻子，中等大小；嘴巴，中等大小；下巴，圆；脸，椭圆；身高，1.68 米。"1889 年 11 月，一位军医精准地描绘了一幅肖像，这就是瓦伦坦·路易·乔治·欧仁·马塞尔·普鲁斯特。1871 年 7 月10 日出生在奥德耶的普鲁斯特，是奥尔良步兵第76 团的二等兵。他志愿服役一年，但看他的样子一点也不像自愿入伍。后来，当有人问他最赞赏的战功是什么时，他狡黠地说："我志愿服役！"

立正站在队伍中的时候，人们几乎注意不到普鲁斯特。但是，队伍一旦行进起来，他就因坏事而"暴露"出来了。他不够敏捷，也没力量。射击的时候，步枪反冲在肩胛骨上的撞击，能把他吓得把瞄靶这回事都丢在脑后。多亏父亲阿德里安·普鲁斯特的人情，他才躲过了最艰苦的操练。游泳、晨起阅兵、骑马跨越壕沟这些军事训练，他统统都免了！这种照单点菜似的服役模式虽然很适合他，但最终还是影响到他的成绩。这段经历以档案上一句墓志铭似的评语结束："不会游泳。"兵役期满时，他总成绩排在第 63 位，一共 64 人。

他的兄弟罗贝尔是家里最擅长运动的，而马塞尔正好相反，他很虚弱。因为哮喘，呼吸都成问题。九岁那年，他从布洛涅森林散步回来，差点在父母面前窒息而死。自那以后，再也摆脱不掉这种疾病。每次发病都以为到了鬼门关，下一次发作可能就一命归西了。

据说富人特别容易得哮喘。确实，普鲁斯特一家很有钱。实际上，当时人们并不了解这种病。

医生们劝马塞尔·普鲁斯特，春天不要去奥德耶那边路易舅舅①家的花园，因为花粉太要命了。事实上，去乡下的祖父母家度假也早已变成童年的记忆。如果他的健康继续恶化，就只能给他做水银灌肠术了。好在马塞尔没那么严重，至少还没到那程度，可是他焦虑不已，容易激动，情绪多变。他得了神经系统功能紊乱，这是另外一种奇怪的病，专家们在这个病的治疗上产生分歧：一拨人认为应该用冷水浴，另一拨则认为应该用热水浴。马塞尔的父亲是个著名的保健医生，真是白瞎了这称号，他给他的儿子什么建议呢，在《公共与个人卫生医疗》中，他写道："如果住在乡下，过着豪华的生活，住得好吃得好，尽享舒适，再加上呼吸着洁净的空气，做一些力量训练，不过度用脑的话，那么毫无

---

① 综观全文，此处应该是马塞尔·普鲁斯特的舅公，即母亲让娜的舅舅路易，文中其他地方出现的路易舅舅均属同一种情况。——译者注

疑问，乡村生活有利于他的健康。"诚然，阿德里安·普鲁斯特医生帮助欧洲预防了某些传染病，但他对儿子的哮喘却无能为力。

　　马塞尔虽然身患疾病，却乐在其中，虽然他那混乱的生活对健康毫无益处。父亲认为他应该按时吃饭，去户外走走，而不是一直躲在屋子里读书。他工作起来就更不怎么考虑身体了。干脆把药扔进荨麻丛里得了！阿德里安·普鲁斯特的头发渐渐变得花白，往后梳成一绺一绺的，额头全部露了出来。他留着浓密的胡子，有一半已经变白，目光清澈。他是有资格获得荣誉勋章的，不过，这个热爱秩序、擅与当局来往的人，在同政客们的你来我往中渐渐发了福。职场得意、荣誉加身，让他自觉圆满。他尤其引以为豪的是自己的见识，假如家里有个徽章的话，他一定会把这几个字作为铭言刻在上面，供全家人信奉。他对那些因过度敏感而看不清事情真相的人嗤之以鼻。

　　如果是他自己得了哮喘病，肯定知道该做些什么。病痛不会在他身上持续太久。马塞尔没有他那种意志力。他太依赖那些宝贝药剂和勒格拉斯粉剂，这种粉剂燃烧后会散发出一种令人舒缓的香气，能够缓解病痛，但是无法治愈疾病。后来他实在受不了，就白天睡觉，晚上起来工作，还在房间四周贴上了软木，以躲避外面的残酷现实。他的哮喘让周围的人受了不少罪，室友们被他的呼吸声吵得无法入睡，让他到别的地方去喘气。

　　马塞尔·普鲁斯特本可以要求去城里住，但上级已经为他做了决定。在军队里，那些出身好的年轻人，总是有优待的。有时士兵会被调去给这些人做些私事，这时候上级就显得相当通情达理。因此，在 2 月份，卢瓦雷省省长受马塞尔父亲之托，邀请他去家中共进晚餐。在省长家，他遇到了罗贝尔·德·比利，此人也是个志愿兵，马塞尔·普鲁斯特大谈形而上学论，对以前一个叫阿尔封斯·达尔吕①的哲学老师赞不绝口。罗贝尔觉得，普鲁斯特的言行举止根本不符合军队的理想标准。他那双大大的眸子闪着疑问的光芒，言语亲切柔和。

这些享有特权的士兵和军官们之间达成了默契，当时一位优雅的中尉送给一张亲笔签名照可以为证。这位中尉是赛马俱乐部、皇家大道联谊会和马术协会的会员。总之，这些受过专业训练的士兵，总会有出头之日。将来，他们也会成为军官。普鲁斯特可能是个例外，他确实不像个标准的军人。照相的时候，他会摆出击脚跳的姿势，或者手里拿着日课经，用军大衣把自己裹成修道院僧侣的样子。

这些恶作剧并不能消解他对军队的敬意，虽

---

① 即后文出现的 Alphonse Darlu，阿尔封斯·达尔吕。——译者注

然那时军队的光辉也还未因德雷福斯事件[①]而被抹杀，但还是有人诽谤军队。人们无法忘记面对普鲁士时遭遇的溃败。虽然军队监管的是殖民地，但也毫不掩饰地镇压工人运动。像左拉或古尔蒙这样的作家，都公开批判过军队。服过兵役的保罗·瓦勒里认为，对于那些"被皮带勒紧，却仍然愿意思考的人"而言，军旅生活无异于一场苦役。这些抨击并非没有得到回应，有人会在军营中烧书。有时，论争在后方起火的情况下进行。阿贝尔·埃尔芒的《骑兵米兹黑》，被阿纳托尔·法郎士说成不爱国，但却得到了利奥泰[②]的支持。利奥泰于 1891 年发表了非常不入主流的《军官的社会角色》。但是从总体上看，舆论还是支持军队的。只有靠军队，法国才能收复流落

---

① 德雷福斯事件：1894 年法国陆军参谋部犹太籍的上尉军官德雷福斯被诬陷犯有叛国罪，被革职并处终身流放，法国右翼势力乘机掀起反犹浪潮。此后不久即真相大白，但法国政府却坚持不愿承认错误，直至 1906 年德雷福斯才被判无罪。——译者注

② 利奥泰：法国政治家、军事家。——译者注

在外将近 20 年的阿尔萨斯和洛林。军队是国家的城墙，参谋部是"圣约柜"。对于迷恋历史的普鲁斯特来说，军队的威望无以复加，更何况拿破仑的孙子，瓦莱夫斯基上尉就在他所在的兵团里。

普鲁斯特无法在操练场上有所表现，于是转而充实自己的军事知识。他不断向教军官们请教，并乐此不疲，过度的礼貌态度让长官们感到不自在。普鲁斯特的父亲凭借政界人脉，托阿韦尔上校特别关照年轻的他。虽然这位被他称为"我卓越的上校"的人，没时间来满足这个烦人的士兵的好奇心，但他觉得可以发挥普鲁斯特的聪明才智。所以，夏天普鲁斯特被派到司令部做一项偏智力型的工作。这个不幸的提议给卓越的阿韦尔上校招来一顿上级的狠批。普鲁斯特写的句子太长，废话连篇，让人看得一头雾水！后来，他评论自己所受的解职处分："参谋长说得对，我的书写是如此恼人，所以不能继续待在那儿。"

但是，老师们都很欣赏他的写作风格。此前一年，他获得了法文写作荣誉奖。戈谢先生让他在课堂上把作文高声朗读给同学们听。这位老师也是文学评论家，如果学生的作业令他高兴，他就会鼓励学生开发自己的才能。但是普鲁斯特收获的不光是赞美。他那遍布插入语的冗长句式引来某些人的嘘声和另外一些人的掌声。有一天，一位名叫欧仁·马努尔的督学，自诩是诗人，听完他读的一篇作文后，批评师生二人。他对戈谢说："你们班的差生里，就没有一个能用法语写得更清楚、更正确吗？"戈谢傲慢地回答他："总督学先生，我的学生谁也不会写课本上那种法文。"

这位督学一定能当一个出色的参谋部军官，而普鲁斯特则会是个绝佳的破坏分子。因为他最好别当上军官。父母去世后，他自己管理财产，他的经纪人中可能只有一个能看得懂他的指示。赶上打仗，普鲁斯特将军的手下们恐怕还没搞懂他的命令，就战死沙场了。

对于普鲁斯特来说，体能训练太痛苦了，但是尽管他成绩很差，却没有因此成为兵团中被嘲笑的对象。多亏结训时排名第六十四名的那位垫底，他才没有被扣上驴帽子。奇怪的是，在这段时间里，只有一封他写的信流传至今。那是他写给父亲的信，实际上两人通信并不多。毫无疑问，他很想念家中的温暖，但从未说起被人戏弄的事。最多提起他摔倒的时候，同伴们会傻笑几声。这些男孩子们一点也不做作，他们之间一切都是自然而然的。他们的举止是有点粗鲁，讲话时会突然提高嗓门，但是普鲁斯特赞赏他们的力量和灵活。在巴黎休假时，在阿尔芒·德·卡亚维夫人家中，在遇见了一群有教养的年轻人们后，他们的纯朴改变了普鲁斯特。他可能就是在卡亚维夫人家的沙龙上，

才有了应征入伍的想法。加斯顿·德·卡亚维[1]
是这家的儿子，在凡尔赛服兵役。普鲁斯特觉得他
穿着制服拍的照片很帅，他们每周日见一次面。一
回到奥尔良，他就对这个新朋友赞不绝口。其他士
兵也被这样的称颂征服，新年时还给这位亲爱的加
斯顿寄去了祝福信。

休假的时候，马塞尔·普鲁斯特最常见的人是
他的母亲。如果他不能来，她就会去奥尔良看他。兵
团里的一位上尉也会给普鲁斯特的母亲带去关于她的
"小狼"的消息。不过她更经常给他写信。服役满一
个月的时候，为了不让当兵的儿子觉得时日太长，她
给他出了个主意。普鲁斯特只需要买十一块巧克力，
每个月吃掉一块，就会惊讶地发现，它们很快就没了。
但她立刻改了口，因为这样对他身体不好。让娜在信

---

[1] 即后文出现的加斯顿·德·卡亚维，Gaston de Caillavet。
　　——译者注

中谈她读的书、家中近况，还掺杂着各种琐事。弟弟罗贝尔还在读高中。他绰号迪克、罗宾松，或是普鲁斯特维奇。在做代数题中间休息的时候，罗贝尔会给父亲用力按摩，缓解他的腰痛。他是否因此传染上了父亲身上的医学细菌呢？

普鲁斯特的母亲在信中表现得很着急："我自以为明天能收到一封长信，让我稍微有点你就在身边的感觉，我会很高兴的。""昨天今天都没有你的消息。""今天早上的信件中依然没有你的来信。""今天我什么都没收到，太失望了。但是我真的太想知道你过得怎么样了。""今天没有你的来信，晚上会收到吗？"八月份，一次小小的争吵之后，他不得不做出"忏悔"："请你买十本印有格子的大信纸……两包尺寸完全合适的信封……专门用来给我写六十封信，这样我才会感到愉快。"于是两人通信变得频繁起来，但是普鲁斯特的母亲似乎咄咄逼人。如果不是他擅长书写，换做别人的儿子，估计早就撵走这位母亲大人了。但这对母子是如此与众不同。一月份，让娜的母亲，马塞尔亲爱的外祖母阿黛尔离世了。他们原本就很紧密的关系，变得更加亲密了。

普鲁斯特后来说过喜欢军旅生活，但是入伍的时候，他应该预料到要经受考验。显然他并不适合冒险，那他为什么还主动参军呢？

志愿兵只需要服役一年，而非三年，这样更合算。但是，普鲁斯特本可以待在家里，他的病与父亲的人脉，足以免除他的兵役。他希望像父亲那样，被政府屡次委派国外吗？奥尔良、圣爱维特教堂、圣卢街区……这都没什么异国色彩，但是军队里总保留有一种冒险氛围。兵役就是一场男子汉的考验。在男人们的圈子里，这就是一张胆量的证明，它不会令普鲁斯特不快。他是否想要暂时远离母亲，以便为将来某天她的离去做好准备呢？ 1905 年，让娜突然离世，马塞尔·普鲁斯特曾向巴雷斯吐露心声说，对他而言，他们的一生都是一种训练，让他习惯没有她的日子。

让娜也在母性本能和理性之间摇摆不定。她对儿子关怀备至，但他又必须学会独立生活。一个充满爱意、幸福和温情的家庭对他走向残酷的世界毫无益处。去年，让娜一个人去了萨利德贝阿恩疗养，没有带马塞尔。这是为了磨炼他，还是仅仅因为他在那儿会感到无聊呢？《名流通讯录》里描述温泉疗养院"因为病人太多，死气沉沉"，确实是这样。但是马塞尔不是宁愿无聊地待在母亲身边，也不愿与她分离吗？有件事很明确，这对母子都视远走他乡的服役为一场必要的考验。在给马塞尔的一封信中，让娜忘了巧克力的事，语气突然变得严肃起来："一定要赢得这一场考验，代价就是你的幸福和我们的幸福。"他们的幸福才是最有意义的。

兵役这个机会来得恰逢其时。马塞尔·普鲁斯特不知道高中毕业以后该何去何从，但他的父亲坚持认为他应该选一项事业。而在军队里，只需要服从命令就够了。这是他梦寐以求的去处。他总说自己缺乏意志力，他甚至是被"志愿服役"这个词吸引了。志愿入伍不正是获取意志力最好的方法吗？另外，那年他18 岁，正值容易冲动的年龄。

可能由于十分兴奋，他甚至尝试继续留在奥尔良。但是，祖国在谢他之余，同时也舒了一口气，更加希望到此为止。上校肯定说过，这个和善的士兵本就不该应召入伍。但这并不是说军队就会将错就错。普鲁斯特不再坚持。不管怎样，这一年让他得到喘息，不需要去想关于未来的事。但是现在，他要去见他的父亲了。

当父亲的总是很少管教孩子，因为完全投身到了事业中，阿德里安·普鲁斯特也难逃这样的定律。但儿子马塞尔·普鲁斯特的未来可不是日常琐事，让娜一个人应付不来。

　　阿德里安耐着性子等了一年。但是等待并未消磨他的意志，正相反，他的大儿子必须有一项事业，为了让人更明白，他补充说，得是一项"正儿八经"的事业。体力劳动不在父亲的考虑范围内，那些工作有损他的社会地位。这世上可不光有生活放纵的艺术家和领工资的普通人！自由职业最理想了，通过扎实学习所获得的知识带来名誉和安逸的物质生活。可惜啊，马塞尔是不会当医生的。虽然他曾向父亲提出过一些关于其职业的问题，但都纯粹出于好奇，而非立志从医，尽管有时他确实想了解一些关于医疗诊断的问题。从今往后，阿德里安·普鲁斯特只能指望小儿子罗贝尔·普鲁斯特继承父业了。但是，马塞尔·普鲁斯特也休想停留在他所喜欢的文学和社交活动中。

他们不是第一次意见不合了。好几年以前，一个棘手的问题让马塞尔和父母起了冲突。然而，在他小的时候，一切都很融洽。这个孩子太惹人爱了。无意间看到他在同学们惊讶的目光下背诵诗篇的时候，让娜非常骄傲。他抓着他们的手，不许自己背错一丁点，和他们约好要讲真话。这有点儿像妈妈的做法，为了让他把所有的事情都说出来，她也会这样做。他总是跟朋友们的母亲和祖母有话可说，并朝她们走去，问候她们的身体或者聊些大人们常说起的事情。不久前，普鲁斯特亲切地给安托瓦内特·富尔写信，这个姑娘的父亲是勒阿弗尔的议员，后来成了部长，信寄出去之前他还请让娜重新读了一遍。十四岁的时候，他在"纪念册"里写了几行字。这是富裕中产阶级出身的年轻女孩们收集朋友们想法的方式。安托瓦内特的纪念册是英国进口货，上面写得满满的，没有一页空白。透过几个问题就能大体看出年轻人们的兴趣和个性。在普鲁斯特看来，最不幸的事就是"和母亲分离"。

那时，他也经常和贝纳尔达齐来往，这是沙皇宫中原来的一位礼仪执事的女儿，有些爱嚼舌根的人传言他们家是靠做茶生意发家的。普鲁斯特觉得爱上了玛丽，他们在香榭丽舍大街碰面了。看到她的时候，他心跳太快，脸色发白。假如天气不好而不得见面，他就会流泪。为了健康着想，最好不要太过频繁地见她。这个小姑娘的父亲满脑子优越感。她母亲则喜欢穿奢华奇异的衣服，给纳达尔①当模

① 纳达尔（Nadar），本名 Gaspard-Félix Tournachon 加斯帕德 - 费利克斯·图尔纳雄（1820 年 4 月 6 日—1910 年 3 月 23 日），是法国早期摄影家、漫画家、记者、小说家和热气球驾驶者。纳达尔利用摄影术为许多 19 世纪名人留下肖像而著名。——译者注

特，开口闭口都只有爱情和香槟酒。很快她又化装成瓦尔基里①，手里握着一支长矛，但是她太胖了，看上去根本不吓人。阿德里安和让娜本不愿意与这家人结成亲家。但他们还是对玛丽感到一些遗憾，因为普鲁斯特变了，他躲在房间里跟一些神秘的人通信。他依然会说些知心话，但总有些保留。

烦恼是从他发现独处的乐趣开始的。手淫好像能让人神经衰弱，阿德里安·普鲁斯特一下子明白大儿子意志力不够是因为什么了。他想对他再严厉一点，但是每当稍微凶一点跟他讲话的时候，马塞尔·普鲁斯特就会抽噎起来，让人不禁担心起他的身体。于是，阿德里安经常责怪让娜对儿子太顺从了。不管怎样，他没法监视儿子。他又不能凿开卫生间的门，毕竟这是在家里而不是在寄宿学校。他更不能给他上烧灼的酷刑。马塞尔答应说出这件事，

---

① 北欧神话中奥丁神的十二女婢之一。——译者注

幸好阿德里安是医生，他知道该怎么办。他讲了一大堆道理，让儿子克制几天，希望这对他有用，但他不太相信这样行得通。

如果他仅仅满足于这种独处的欢愉，可能也不算太严重的毛病。但是到了晚上还在爱抚自己的身体，某天早上醒来的时候就成了同性恋。他的父母现在知道怎么回事了，出现在马塞尔·普鲁斯特梦里的不是年轻的女孩子，而是男孩。得知他喜欢的人，就是最开始在卡庞蒂埃教皇私立学校认识的比才①，让娜和阿德里安快要疯了。他们赶走了这个败坏风气的孩子，不许儿子再去他家。马塞尔想要与父母协商。能不能找个中间地方见面呢，比如说咖啡馆？不行！马塞尔威胁说他要病倒了，要自慰，但父母依然不为所动。要是他们看看他给雅克·比才写的信，就会明白，

_____

① 即下文出现的雅克·比才（Jacques Bizet）。——译者注

根本不是这个男孩子带坏了他们的儿子："我很
难过不能摘下那朵娇艳的花，不久之后我们就不
能再摘了。因为那终将结果……而且是禁果。"
他给雅克的表兄达尼埃尔·阿莱维写的信同样让
人大开眼界："你用尺子打了我一小下，但是你
的荆条上开满了花，我无法怨恨你，这些花儿散
发出阵阵清香，让我迷醉，减轻了荆棘带来的疼
痛。你用里尔琴①敲打我。……你太美妙了……
你的双眼清澈美丽……要是我坐在你的膝上，就
能更好地了解你的想法了……"马塞尔向达尼埃
尔陈述了关于年轻男孩之间同性爱情的想法。只
不过这种爱情是暂时的："我有一些朋友，我自
认为他们智力超群，道德也极为高尚，他们一旦
跟某个男性朋友交往……这就是青春期的开始。
过段时间，他们就会回到女人们身边了。"这太

---

① 里尔琴，古希腊乐器，此琴的形状成为音乐的标志。——译者注

正常不过了："有些年轻人……他们爱着别的男孩……，爱着他们的肉体，总想看到他们……，给他们写热情洋溢的信，但绝不会鸡奸。但是爱情经常占了上风，他们会在一起自慰……总之他们陷入恋爱。我不明白，为什么他们的爱情就比普通恋爱肮脏呢。"十六岁的时候，马塞尔·普鲁斯特想让朋友们相信，也可能还想说服自己，这些微不足道的行为不会妨碍他们以后再回到女人身边的。

雅克和达尼埃尔生得漂亮又聪明。其中一个的父亲是《卡门》的作曲人，另一个的父亲是卢多维克·阿莱维，他为奥芬巴赫的歌剧写剧本，并创作了《美丽的海伦》。他们要是女孩多好……艺术家的女儿。让娜将会是最幸福的母亲。不过马塞尔还是要从中选一个。好吧，挑一个女孩。但是现在呢，爱上男孩子，还一下爱上俩！

近来，同性恋不再被认为是一种犯罪。那只是一种能通过引诱而传染的疾病。但是人们对这种现象的谴责并未因此而减弱。才 17 岁，普鲁斯特就患上了三种疾病：哮喘、神经症、同性恋。对于前两种病，普鲁斯特医生束手无策。对于第三种病，他开了个不太像保健医生能开出的药方。他关上大门，给了儿子一些"治疗"的费用。在有钱人家，这种事很常见。出身富裕的年轻男子，精气十足，是妓院的常客。不然的话，家里的女仆们就成为他们泄欲的对象，结果就是怀上孩子。不幸的是，阿德里安为打消大儿子错误癖好作出的努力都白费了。马塞尔在致祖父纳德的信中说了这次经历："我太需要一个女人帮我戒除自慰的坏习惯了，爸爸给我十法郎让我去逛妓院，但是，首先我太紧张了，打碎了一只夜壶，花了三法郎。其次，这种紧张的情绪却让我还没摸到女人。我就像每小时都在等着拿十法郎排空自己，还得花三法郎赔夜壶。但是我不敢那么快再问爸爸要钱，希望你能帮帮我……"我们不知道普鲁斯特有没有寄出这封信，但是他的烦恼肯定是全家人都知道的。或许他是为了逃避父亲要求的"治疗法"而编造了这样的故事。

父母把改变他的希望寄托在军队上，肯定也是失望至极才做出的决定。服役期间，在写给父亲的信中，马塞尔·普鲁斯特略带尴尬地说他已经不再关心奥尔良的女仆了。他用自己的方式告诉父亲，自己对女人没有吸引力。阿德里安可能就此罢手了，他再一次把希望转到罗贝尔身上。像他这样的男人，得把在事业上对马塞尔的要求翻十倍才行。

阿德里安的父亲曾经在伊利耶尔开了个食品杂货店，那个大镇子在夏特尔旁边，周围都是麦田。马塞尔来这边度假，很高兴又能见到自己的房间、教堂，花大把的时间读书。但是阿德里安呢，他总想着逃离这个看不见未来的地方。

有时跻身资产阶级是从反抗开始的。拿到夏

特尔中学的奖学金，他不再遵循家族传统，而是离开了博斯前往巴黎，他的职业生涯从第二帝国开始，一直延续到第三共和国，成就可圈可点，最终成了普鲁斯特医生。他当上了临床主任，33岁时拿到医师资格证，著作发表了一大堆，其中就有一篇关于脑软化的论文和著名的《公共与个人卫生医疗》，这个工作狂包揽了好几项头衔：医学院院士、卫生部监察员、巴黎医学院卫生学教授，他还获得了三级荣誉勋位。就在帝国垮台的前几日，欧仁妮皇后为他戴上了荣誉勋章的红色绶带。共和国时期，他还晋升了勋位。

这个时期，医学是一门实验科学，是很严肃的事。当时流行病霍乱正肆虐法国，阿德里安研究的学科蓬勃发展。疾病沿途蔓延，必须找到这些疾病传播的路径，以便保护人们免遭传染。霍乱起于印度，埃及是欧洲的防线，需要在中东地区的港口安设卫生警卫局。普鲁斯特医生能言善辩说服了政客。他出使各国，俄罗斯、土耳其、波斯。在国际会议上，他代表法国发言，不顾英国为保护国际贸易自由而采取的迟疑态度，主张建立一条卫生防护带。趁着四处奔波的空隙，他笔耕不辍，发表了一篇又一篇文章。

尽管日程已经排不开了，他还是会参加各种沙龙。医生是贵客，人们也乐于拜访他们。有些医生奔走得太频繁，以至于让人不禁猜想他们是不是还有个孪生兄弟。波奇医生就获得了分身术的荣誉，他是个世俗医生，或者说是个上流社会的医生，我们也不清楚，普鲁斯特经常在父母家见到此人，多亏了他，普鲁斯特吃到第一顿"城里的晚餐"。这个可怜人最终被谋杀了，凶手好像是某个没被治愈的精神病患者。在职业生涯中，阿德里安·普鲁斯特也不会忽略这个方面。社交活动也是职业的一部分。像他这样的医生，光有医术是不够的，还必须找到靠山。诚然，普鲁斯特医生的成功源自工作，但是也离不开他的政治辨别力。不过，人们都说他没有幽默感。但他还是当上喜歌剧院的主治医师，心甘情愿为那些年轻的舞女们听诊。尽管有些艳遇，但这个不从事宗教活动的天主教共和党人跟花花公子一点也沾不上边。这是个工作能力超强的野心家。马塞尔·普鲁斯特有朝一日可能会效仿他，但目前来看，父子俩没有丝毫相似之处。

普鲁斯特兄弟俩也是如此。罗贝尔比马塞尔小两岁。小时候两人很像，但随着年龄增长，一个还是那么赢弱，另一个却变得很强壮。从照片上看，随着弟弟越来越成熟，哥哥作为保护者的样子也越来越淡化。罗贝尔很快开始学医，并且蓄起胡子。和他父亲长得一模一样。

据说马塞尔很羡慕弟弟。为什么这对兄弟会不符合常规呢？马塞尔希望像罗贝尔一样学业有成、身体健康，他说因为一点小事，自己就会产生病态的嫉妒。父亲对罗贝尔的爱更让他嫉妒无比。母亲的爱同样如此，最起码我们可以说，马塞尔不甘心落后。但是两人兴趣和性格的不同并不影响他们彼此间的亲切和钦佩。后来，马塞尔·普鲁斯特在《欢乐与时日》中引用高乃依的话给罗贝尔题词："啊，比日光还要珍贵的兄弟。"德雷福斯事件爆发的时候，兄弟俩都站在受害者的一边，但是他们荣誉加身的父亲，却站在时任共和国总统的菲利·福尔那边，他太屈从于命令而无法追随兄弟二人的想法。很久之后，是罗贝尔负责马塞尔·普鲁斯特著作的修订和发表事宜，尽管他没有在这部作品里出现。

即将 20 岁时，普鲁斯特家中有两个模范男子汉，大家劝他按着这两人的样子行事，他想得到母亲的支持，但是母亲并未成为他的同盟。

让娜·普鲁斯特还在母亲的服丧期。几个月

都得穿黑色衣服，之后她才腼腆地穿回灰色或紫色的服装。尽管已经 40 岁了，她的体型和脸型轮廓都还很精致。黑色的头发在脑后盘成发髻，使得深色的着装显得更加严肃。马塞尔·普鲁斯特遗传了让娜的圆眼睛。她并不热衷打扮，在任何场合下都衣着得体。如果随着年纪增大，脸部变得臃肿，她就会让人修一下照片，去掉黑眼圈和皱纹。

让娜既爱着她的母亲，同时也仰慕她。自从阿黛尔去世后，她越来越像母亲了。母亲离世后，她们的共同点反而越来越明显。据说当女儿的很难忍受自己和母亲不是一个样子。她学阿黛尔，在卡布尔的沙滩上散步，读塞维涅夫人的《书信集》。伤心之余，她还要为马塞尔的事担忧。在这对母子之间，爱和焦虑并存。让娜放心不下马塞尔的生活。她会询问他的身体情况，但有时不等她问，他就会主动谈起自己消化和睡眠的问题；

有一天，他写信告诉她"胃很好"，改天又说"醒来时口臭"。他去度假，由于看不到他，她叮嘱他："……你一定要在安静的地方，严格按照食谱吃饭，保证独处的时间，不要出游……我的宝贝，你就不能也……告诉我：几点起床——几点睡觉——户外活动时间——休息时间……"同样，她也很担心他经常接触的那些人。面对这些审问，普鲁斯特经常全盘招认。儿子的这些坦白能让让娜缓和一阵，但之后她又会变本加厉地重复。她多么希望一再教导他遵守命令和纪律。这样他就不会那么累了。

她也用自己的方式督促马塞尔·普鲁斯特选择一项职业。即便他希望做一些更高雅的事情，有了职业，他就能遵循对他的健康有好处的时刻表和生活方式。而且这将恰恰能够证明他找到了一直缺乏的意志力。夏天，他还在兵营中时，让娜在一封信中拐弯抹角地说过这件事。她提到一位女性朋友的儿子，觉得那个孩子在未来职业的选择上"带有孩子气的优柔寡断"。

普鲁斯特拒绝任何关于职业的想法。他希望"生活在（他）喜爱的事物旁边，有迷人的大自然，一些书和乐谱，而且在不远的地方，比如法国剧院"。她的母亲支持实用性职业的努力也白费了，正是在她的影响下，他才喜欢上文学，况且她也在他们这种共同的文学喜好中获益，只不过阿黛尔再也不能和他们一起分享这种乐趣了。

在韦伊家，也就是让娜家，大家的谈话都很有品位；他们会讨论绘画、音乐、文学或政治，甚至进餐的时候，他们也很幽默地谈起此类话题。父母希望给孩子们提供最好的教育，哪怕聘请家庭教师也在所不惜。直到1880年，女孩们才有机会进入高中学习，但那时让娜就已经学会讲英语和德语了。必须培养乔治和他妹妹的好奇心，让他们喜欢上旅行，不能满脑子都是宗教信仰，同时还要遵守道德规范。纳德让妻子负责注意这些事情，并认为它与打理家务都属于妻子的责任。阿黛尔机灵乖巧，常常任由家人逗弄，这个女人教养好，钢琴也弹得好，是塞维涅夫人忠实的读者，也是一位好妻子。

龙生龙，凤生凤。在孔多塞中学，早上普鲁斯特提前到校，和同学们在课前谈论文学。尽管热诚地仰慕的是波德莱尔和拉辛，他也会和朋友们一样，读巴雷斯、法郎士、勒南和梅特林克的作品。他不是班里的第一名，但也不是差生，在法文、拉丁文、希腊文和历史方面都出类拔萃。

这个中学里的学生都来自右岸富裕的中产阶级家庭，而左岸的学校吸引的都是从外省来到巴黎，渴望进入大学，提高自己社会地位的年轻人。在孔多塞学习，更容易构建起在巴黎上流社会的关系网，相比数学，普鲁斯特更喜欢这些社交活动。学校的纪律也不像路易勒格朗中学、亨利四世中学、圣路易中学那样严苛。人文科学先于行为规范，学生通过学习知识得到个人蓬勃发展比别的都重要。有时，那些本身就是作家的教授们，也努力让这些年轻人爱上文学，而不是给他们灌输一脑子知识。他们培养学生们写作和公开表达自我的能力。普鲁斯特一家很幸运，住在了孔多塞中学附近。普鲁斯特在这里读书，要比在其他传统的中学快乐多了。

阿尔封斯·达尔吕是一位哲学教授，此人满嘴陈词滥调，话语里总是充斥着老一套的隐喻、含糊不清的描述和陈旧的观点。他个子矮小，但西南地区的口音让他很扎眼。胡子也掩不住他夹杂着讽刺的暗笑，就像没有一丁点儿个人想法的巴汝奇之羊①和人生输家，因此遭人训斥。这位严苛的老师不怎么看重主讲课。他更乐于引导学生自己提出一种思想，甚至让他们互相表述，这在当时是很罕见的。孔多塞中学的教学方法并不总是符合学院的口味。深受普鲁斯特好评的法文老师马克西姆·戈谢，也不会严格执行放学留校的管理规定，总督学马努尔指责他"学派自由，有时接近文学怀疑论，过早鼓励学生思想解放"。

达尔吕督促普鲁斯特自己思考，戈谢则毫不吝惜对他的亲切鼓励。但是年轻的普鲁斯特并不是和所有老师都相处得融洽。屈什瓦尔先生评价这个学生的拉丁文"时好时坏，随心所欲"。几年后，普鲁斯特在描述波利尼亚克公主的沙

---

① 典出拉伯雷《巨人传》。巴汝奇从羊商手中买得一羊，为报复他，将羊抛入大海，羊商的羊也跟着跳入大海。——译者注

龙时，还小小地复了一次仇。在一次招待会上，接待员问主人："这位先生说他是屈什瓦尔先生，还要通报吗？"和未来的天才开战，不遭报复才怪。

　　不管他们是否欣赏他，普鲁斯特对老师们的评价总是一视同仁。因此，1888 年，针对那些老师，他给比他晚一年进入孔多塞学习的朋友罗贝尔·德雷福斯提了一些建议。普鲁斯特特意将老师的上课质量和他们的个人态度分开来谈，即便对屈什瓦尔也是如此。他认真得出的评价和平时闹着玩的议论截然不同。虽然因为生病，普鲁斯特经常旷课，但是在孔多塞中学，他初入文坛，和热衷文学的朋友组成一个小社团，创办了《绿色评论》和《丁香评论》。他的文章都发表在上面，每一次开学返校，对文学的兴趣就会增加一分，根本不明白即使找到某个"职业"，又能让他获得什么。说真的，除了写作和外出，他只想放任自己随心生活。

他越不需要工作，就越想过这种平缓的生活。让娜娘家家财万贯又是书香门第，虽然不及罗斯柴尔德家族或者富尔德家族那样富可敌国，但韦伊家族也算得上是富裕的中产阶级。在普鲁斯特母亲家的亲戚当中，有很多引人注目的知名人士。他舅公的妻子早逝，没留下孩子，但他并没有因此郁郁寡欢。虽然他叫拉扎尔，但他更喜欢路易这个名字。在开了一家纽扣作坊之后，他心思全放在那些女演员、女歌唱家，那些漂亮女人身上，并保留着她们的照片。这个放荡不羁、对因循守旧深恶痛绝的食利者，在侄孙眼里很有威望。让娜的哥哥乔治是个法官，和马塞尔·普鲁斯特聊到兴头上，会错过去法院的公共马车。让娜的舅公，阿道尔夫·克雷米耶，也是家族里的显赫人物，他的名字伊萨克还被写进了法语。作为一个年轻的律师，他拒绝仿效在《圣经》面前，犹太人要求的这句带有侮辱性的誓言："如果我犯了欺骗罪，就让毁灭索多姆和戈摩尔的火焰，永远诅咒我，吞噬我，将我化为乌有……"
法庭也站到他这一边，后来这种起誓就被废除了。做
了律师，自然而然地，他就步入政坛。借着 1848 年
的革命时机，他登上了临时政府司法部长的宝座，废
除对政治犯的死刑和负债监禁罪的就是此人。1870
年，在他的努力下，阿尔及利亚的犹太人获得了公民
权。他的妻子，亲爱的阿梅利举办的沙龙经常吸引来
维克多·雨果、拉马丁、缪塞、罗西尼、奥贝尔和阿
莱维。这让普鲁斯特垂涎不已。这个家族里甚至还有
个叫卡尔·马克思的人，当然与此人的亲缘关系有点
远了。但是家族创始人，韦伊家族财富的首创者，是
让娜的祖父，巴汝赫。他创办的瓷器作坊为一代代人
带来财富，让他有资格踏上这片自 1791 年就承认了
犹太人的公民权利的法兰西土地，他的儿子纳德如此
会将本图利，以至于他自称食利者。并从此成了一家
之长。他热爱书籍和音乐，孙子既愿意跟他讲些知心

话，也敢问他张口要钱。普鲁斯特在信里称他是"我亲爱的"，并且在信的开头就告诉他会考成绩。15岁时，他还请求祖父订阅《蓝色评论》。纳德甚至还教普鲁斯特证券投机，但是这个孩子在赚钱上的天赋可真不如在文学上的多。

在这个家族中，只有纳德在金融这一行里风生水起，但有一大批厌恶犹太人的人却看不起他们在金钱上的成功，尽管这些犹太人让别人称呼自己是"古以色列人"。即使他们获得了公民权，还是无法躲开偏见。1896年，左拉在发表《我控诉》之前，就曾在一篇文章里为犹太人辩护过，为此他还放弃了与《费加罗报》的合作以及入选法兰西学院的机会，就是这位我们无法冠以排犹主义的左拉，在谈论金融领域的时候，写道："这是犹太人的职业，需要有特殊的头脑构造，还要有这个种族的禀赋。"某个叫阿德里安·普鲁斯特的温和共和党人，在他的《专论》①里说："只有白种人和雅利安人种才是至高无上的。他们比其他人种更富有天资，在生存斗争中无往不胜。不同的雅利安人派系之间，为生存而战变得愈演愈烈。只有时间能够决定，在这些雅利安派系中，究竟哪一支——拉丁人、日耳曼人，还是斯拉夫人，能够经受住这斗争的锤炼，最终获得胜利。"对他而言，这只不过是众多板上钉钉的事情之一罢了。

相比起韦伊家族，阿德里安家就逊色多了。两家联姻简直是不可能的。普鲁斯特家族的一个朋友曾经指出，新郎的证婚人是兄弟俩，他们一个是医生，另一个是证券经纪人，可能是职业关系主宰了这场婚姻，但外省天主教家庭和巴黎犹太富贾的结合还是很般配的。这种异教通婚很罕见，但是阿德里安和他未来的亲家都不从事宗教活动。让娜不需

---

① 即上文提到的《公共与个人卫生医疗》。——译者注

要皈依天主教，只需要给孩子们洗礼就行了。

对于纳德来说，这个医学教授能够带来威望。更何况帝国岌岌可危，需要用到阿德里安·普鲁斯特的那些不信教的共和党支持者们。纳德具有洞察力，并且行动迅速：阿德里安和让娜于 1870 年 9 月 3 日成婚，第二天，色当战役就惨遭溃败，政体随即崩塌。此时阿德里安 36 岁，让娜 21 岁。婚礼没有按照宗教仪式进行，天主教和犹太教的教士一个都没请。

新郎家没来参加婚礼。据说普鲁士突破防线时把普鲁斯特一家人围困在了伊利耶尔。难道不是因为这场与犹太女孩的结合不被看好吗？普鲁斯特家族在博斯扎根几个世纪了，至于韦伊家族，谁也不知道他们从何而来。除非普鲁斯特一家被这过于有钱的人家吓住了。倒霉。阿德里安并不想被困在伊利耶尔，他想闯一闯。十个月后，马塞尔·普鲁斯特出生了。

自己事业有成，妻子家境优越、富有教养，还添了个儿子，阿德里安真是人生大赢家啊！至于让娜，她把重心转移到巴黎西部后，社会地位继续上升。巴汝赫住在共和国广场，纳德住在法布鱼贩街区，这里既是金融家们的聚集之地，也是这家人眼中的风景胜地。让娜定居在圣奥古斯丁大教堂周围的新街区上，马塞尔·普鲁斯特出生前，大教堂刚刚建成。

但是国家形势很不好。公社起义及镇压运动让巴黎成了危险之地。路易舅舅住在奥德耶，尽管自1859 年起，这里就归并到首都的范围里了，人们仍然把它当成一个村子。阿德里安把家人送到这儿躲避危险。这个选择太糟糕了，因为公社起义期间，坐守在凡尔赛的政府对奥德耶进行了猛烈轰炸。让娜怀孕期间，艰苦的生活环境和困窘的条件导致了马塞尔·普鲁斯特的羸弱，这个孩子生来就很焦虑。

给他洗礼的时候，父母希望他一生顺利地走下去，领圣体、结婚、工作、生子。领圣体，没有问题。但是从儿子 19 岁开始，剩下的那些事就没那么确定了。关于职业，出生在这样的好家庭，美妙的闲散生活唾手可得，马塞尔·普鲁斯特自然很乐意接受。但他从开始就依赖于父母经济上的宽裕。然而，不论是在韦伊家还是普鲁斯特家，财富和成功都才刚刚建立，还不能舍弃工作。尽管马塞尔身体很弱，但是阿德里安和让娜也不允许他为所欲为。反对孩子们对艺术的一时兴起，不就是父母们的任务吗？文学、音乐、绘画，所有不能被称为职业的职业都靠不住，在这些行当的人都哭穷，因此鬼迷心窍的人一辈子都后悔不迭，想成功真的需要强烈的意志。然而马塞尔的父母知道，意志力不是他的长处。

曾经炙手可热的文学学士学位不在计划之内。普鲁斯特违心地注册了巴黎政治自由学堂，不情愿地选择了法律系。这是撤退，不是战败。逃避工作最好的办法就是争取时间。服兵役让他缓了一年。尽管上学很无聊，但毕竟又延长了他的缓期。普鲁斯特还有三年的时间可以说服父母同意自己进入文学行业。巴黎可比奥尔良有趣多了！

奥德翁剧院、牧女游乐园、阿尔卡萨城堡……普鲁斯特拼命地投入学习。他总是很晚才离开会客室，有一天，一位邀请他的主人过来搂着他的肩膀说："这些人想睡觉了。"剧院、音乐、绘画、音乐厅、时尚、文学，一切都吸引着他。一回到奥尔良，他就积极地和《月刊》合作，这是一份新出的政治、文化和上流社会杂志。他尝试撰写评论，表现得很出色，很早的时候他就在这方面显露出了天赋；高中时，他写的关于高乃依和拉辛的论文给戈谢先生留下了很深的印象。这个新成员的文章署名，都是姓名的首字母或者一些稀奇古怪的名字，比如"流星""连撬"或"乌煤"。他讥笑艰深的诗歌，毫不犹豫地指责一个著名的戏剧评论家，之后还愉快地发表了一首诗，诗里描写了一双"冷漠、无神、神秘"的眼睛。毫无疑问，这是一双男人的眼睛。

第一年的学习标志着他真正开始进军"文艺界"，朋友们的母亲是他的第一批支持者。圣日耳曼郊区的人和上层资产阶级都是她们沙龙的座上宾。这两个阶层的人擦肩而过，但并无交集。在资产阶级的沙龙里，贵族的礼节超出平民一大截，甚至赶上了二者之间的阶级鸿沟。后来，资产阶级想邀请到一位举止文雅的人，但结果往往更令人失望。可如果留心观察，就会发现，这位贵族不是和妻子一起来的；他邀请别人的时候，也不是在家中接待。别人可能跟他接触一辈子，都挤不进他的圈子，便只好安慰自己，大概这个难以接近的人本身也希望进入其他更加排斥他的圈子吧。不管怎样，普鲁斯特进入这个神秘圈子时开了个好头，这里的人名、谈话、女士们的衣着，都令他欣喜。

在卡亚维夫人①的沙龙上，他遇到了阿纳托尔·法郎士，从 15 岁开始，他就在周六出版的《时代报》上阅读此人写的东西，并对他所有的书都充满敬意。第一眼见到这个留着黑色山羊胡子、短发，并且有点口吃的人时，普鲁斯特很失望。他想象此人应该是"白发苍苍的、温柔的唱诗班成员"，但实际上他并不是作品中的样子。不过若干年后，当他们并肩为德雷福斯而战时，普鲁斯特会像早先时候那样重新仰慕他："……您参与公共生活的方式在 19 世纪前所未有……不是为了出名，即使您有名望，也只会用在使天平向正义那方倾斜上面。"

---

① 即下文出现的 Arman de Caillavet，阿尔芒·德·卡亚维夫人。
　　——译者注

卡亚维夫人拥有一头卷发，以及蓝色的眼睛，是一位40岁左右的漂亮女人。她接待过一些贵族，但更喜欢那些作家和政客陪伴左右。在她家，小仲马、埃雷迪亚①和阿纳托尔·法郎士再一次见到了克莱孟梭和庞加莱。她也接待画家、演员、律师和医生，比如无处不在的波奇医生，最缺的就是音乐家。加斯顿的母亲不喜欢音乐，在嫁给阿尔贝·阿尔芒之前，她叫莱奥蒂娜·李普曼。这个有钱人在名字中增加了母亲的姓氏，好给自己增光添彩，于是莱奥蒂娜·李普曼就成了阿尔芒·德·卡亚维夫人，简单说就是卡亚维夫人。这位亲爱的阿尔贝是个欢快人，任由妻子牵着鼻子走。可以看出，他加入宾客们的讨论时，显得很笨拙。莱奥蒂娜和阿纳托尔·法郎士的私通并

---

① 即下文出现的 José Maria de Heredia，若瑟·马里亚·德·埃雷迪亚。——译者注

没有影响他的好心情。他开心地拿作家们的才华逗乐，如果在沙龙里遇见新面孔，他会立马叫出来："我可不是阿纳托尔·法郎士啊！"或者搞笑地说："我是这个家的……主人。"因为这个丈夫太好说话了，法郎士每天都去跟他的情妇见面。但是当她接待宾客时，就会离开闭门写作的书房，再从正门进去，就好像他是突然闯入一样。面子就是用来保全的。

普鲁斯特在第一线观察这个三口之家，赫哲街上的沙龙都开门欢迎他。他的魅力和谈吐跟那些令卡亚维夫人躲避不及的"讨厌鬼"很不一样。

雅克·比才把普鲁斯特介绍给自己的母亲，就是每逢周天都在家中接待宾客的热奈维耶芙·斯特劳斯。她的父亲弗洛蒙塔尔·阿莱维，曾经是获得了巨大成功的歌剧《犹太女》的作曲人。她嫁给了父亲的一个学生乔治·比才，《卡门》遭遇失败之后，此人因心脏病发作过早地离开了人世。德洛内曾为这位长着一双黑眼睛的年轻寡妇画过一幅肖像画，非常著名。画家德加也曾请求获准看她梳妆。

丈夫死后，热奈维耶芙闭门不出，谁也不想见。五年后，她结束了这种退隐的生活。追求者纷至沓来：堂兄卢多维克·阿莱维、梅哈克、莫泊桑、布尔热、赖那克。这个有着男性刚毅线条的女人令艺术家们着迷，但最终是罗斯柴尔德家族的律师，埃米尔·斯特劳斯抱得美人归，这结果让众人大吃一惊。热奈维耶芙说："这是唯一能让我摆脱困境的办法。"

埃米尔不计较费用。这位从天而降的妻子要穿衣打扮，在上流社会风生水起，花点钱值了。斯特劳斯夫人是巴黎式生活的典型，必须要过得体面。她的沙龙从杜埃街转移到梅西纳大街和奥斯曼大道的拐角上。女主人才华横溢，她的名言响彻巴黎，有一些甚至在她死后还被传诵。有一

天，古诺评价马斯奈的一段乐曲"是八边形的"，
她反驳说："我刚要这样说。"热奈维耶芙有这
样一种"阿莱维精神"，既妙趣横生又有点尖酸，
迷得普鲁斯特神魂颠倒。有一次，他给她写信，
谈到盖尔芒特公爵夫人，他说："这里所有才华
横溢的东西，都源于您。"

　　夏尔·哈斯是沙龙上的常客，也是赛马俱乐
部里唯一一个犹太人，举止优雅，身材修长，言
行无可挑剔，普鲁斯特十分赞赏此人，但对他所
知甚少，并因为对方不知道自己是谁而感到不快。
在高高拱起的眉毛下面，这个热衷上流社会的人
目光里充满了极度的轻蔑。但是，普鲁斯特还给
了这个人第二次生命，也就是夏尔·斯万，他爱
好高雅音乐，有天赋但是懒散，因为太沉迷于社
交界的寻欢作乐、女人的诱惑和对奥黛特·德·克
雷西嫉妒的爱，他无法完成关于维米尔的作品。

　　缺乏意志力对于年轻的普鲁斯特而言也是件

很危险的事，但他目前一点也不担心。而且，说到意志力，如果做自己喜欢的事情，他可一点也不缺。现在，他的地位逐步上升，对于那些已经到达"阶层"顶端，能伸手拉他一把，却没有这样做的人，他感到非常气愤。在《追忆似水年华》中，他满怀悲痛地写道："……亲爱的夏尔·斯万，我那时太年轻，而您行将就木，我对您太不了解了，但就是因为您曾经以为是个小傻蛋的人把您写成了他某部小说里的主人公，别人让才能重新谈论起您，从而您能英名长存啊！"回忆唤醒了深藏的感情，也留下了积怨。

让哈斯见鬼去吧，没有他普鲁斯特也应付得来。斯特劳斯夫人的优雅、魅力和才华令他心醉神迷。他送她大捧大捧的菊花，邀请她和她的儿子去奥德翁剧院看雷雅娜的演出。就这样，他又能和雅克见面了，同时还向一个女人大献殷勤，因年龄差距太大，也不必担心陷入爱情。另外，说到斯特劳斯夫人的沙龙，人们总会提到位于蒙马特很出名的一家夜总会："圣日耳曼郊区的人去那儿就像去黑猫夜总会，反之，黑猫夜总会的人去那儿就像去圣日耳曼郊区。"对来自郊区的渴望恋爱的年轻人来说，这是多么好的跳板啊！

遇见马蒂尔德公主，他欣喜若狂，在《费加罗报》上专门为她开了个专栏。这个上了年纪的太太和普鲁斯特谈论福楼拜和梅里美，这是她在曾祖父的姐姐，艾米丽·克雷米约的沙龙上偶尔会遇见的两个人。拿破仑的这个侄女有一千零一种办法，提醒别人她和皇帝的亲缘关系。当一位来自圣日耳曼郊区的夫人跟她谈起大革命的时候，她反驳说："要是没有大革命，我这会儿得在阿雅克修的街头卖橘子呢！"1896年，沙皇参访荣军院时，官方邀请她一起前往，她拒绝了，说："我有钥匙。"

普鲁斯特和欧博农夫人①交往也很密切，后者每周组织两次沙龙。郊区人对这个胖乎乎的女人很不屑。不得不说，要是贵族们听到此人的政见，会恨不得再逃亡一次；她太拥护共和派了，大家都叫她"激进佳人"。

莉蒂·欧博农习惯在晚会开始前，请十二个人共进晚餐，并提前告知他们谈话的主题；如果有人离题了，晚宴主人就会乱摇一阵铃，让宾客们回到正题上来。周末，她邀请宾客们到乡下那所名叫"飞翔的心"的房子里去。身着盛装的受邀者们乘火车抵达圣拉扎尔火车站，在当地人惊愕的目光注视下走下列车，然后登上女主人派来的敞篷马车。

第一次在欧博农夫人家吃饭总要经历一番考验。谈吐不佳的人会遭到驱逐，但"宽恕宴"会

---

① 即下文出现的莉蒂·欧博农（Lydie Aubernon）。——译者注

另给他们一个机会。其他人则能获得准入权，比如普鲁斯特就"吃得很顺利"，苛刻的女主人给他的判决是："普鲁斯特的话一锤定音。"这个迷人的年轻人还做了另外一件了不起的事。欧博农夫人和卡亚维夫人不和，没有几个人能同时与这两人相处融洽。她们曾经是朋友，这更加深了两人之间的怨恨。卡亚维夫人以前经常去欧博农夫人的聚会，后来开了自己的沙龙，顺带拐走了小仲马和阿纳托尔·法郎士，尤其是后者，据说他之所以能成为大作家，就是因为从她那儿获得了自己欠缺的野心和自信。

普鲁斯特孜孜不倦地编织自己的关系网。多亏罗贝尔·德·比利，他认识了埃德加·奥贝尔，这是个优雅、有教养的瑞士年轻人，但不久就因得了急性阑尾炎丧命，是他将普鲁斯特带入了日内瓦的上流社会，而罗贝尔·德·比利则把这个朋友引入了神秘的法国新教界。

他自己的家庭圈子也派上了用场。和其他家族世代缔结的关系，比如阿莱维家，给普鲁斯特快速跻身上流社会提供了便利。他也去参加父亲组织的宴请，虽然那些关系满足不了年轻的马塞尔·普鲁斯特的要求，但还是值得利用的。他的父亲认识一些政客、外交官，当然还有一些在社会上各有门路的医生。他遇见了亨利·伯格森，论亲缘关系，普鲁斯特还得叫他一声表哥，但此人靠不住。两人并不怎么理解彼此，这大概是因为他们研究的领域重合的缘故吧。奥斯卡·王尔德在巴黎停留的时候，普鲁斯特与他见过面，这应该是毫无疑问的。

1891 年 9 月，普鲁斯特在卡布尔度过了短暂的时光。他的身体适合在海边生活，也喜欢大海的涌动和色彩。孩提的时候，他和祖母来过这里，但现在她已经过世了。陷入回忆时这后觉的悲痛比在阿黛尔去世时感到的更为尖锐。在写给母亲的一封信中，他说："那些年，我和祖母靠在一起，一边聊天一边逆着风走，现在的海，和那时太不一样了。"

月底，他的朋友们，贝涅尔一家，邀请他去他们的弗雷蒙别墅。自七月王朝开始，洗海浴成了风尚，他们结伴再次来到特鲁维尔的山冈。"小团队"里有马塞尔·普鲁斯特、雅克·贝涅尔、路易·德·拉萨勒、罗贝尔·德·比利、费尔南·格雷格、雅克·比才。斯特劳斯夫人当时也在那边，带他去看赛马，专门给上流社会的人和艺术家们作画的肖像画家雅克-埃米尔·布朗什常住在这，并为普鲁斯特画了一幅铅笔速写。

第二学年，普鲁斯特和朋友们创办了一份杂志。这些朋友几乎都是孔多塞中学的老同学。他们争论了很久才定下名字——《会饮》。第一期便敬告读者，他们采取的是最具颠覆性的无政府主义。放心吧，他们这些文雅的年轻人不会丢出炸弹的。他们仅仅想做折中派，自称忠于被象征主义粗暴对待的法兰西传统。普鲁斯特别无他求了。折中主义万岁！他在文章里论述女性的附庸风雅，就像谈论遗忘本身。当他再次把一篇用略微颓废的文笔写的关于上流社会女性的文章拿给朋友们看的时候，反对声一片。院士和女公爵出现在文章里，显得太冒充高雅了。由于作者是斯特劳斯夫人的朋友，他在文中的评论也太过殷勤。但普鲁斯特充耳不闻。

"总有一天，我们会明白，明天和昨天不会全然不同，因为明天是基于昨天而成的。"不管朋友们怎么想，普鲁斯特已经勾勒出一些他会一直讨论的主题。他见到了谢维涅夫人，这位上流社会的贵妇给他留下了深刻的印象："她的头也有点像候鸟，从额头到金黄的项背距离那么长，有着敏锐而温柔的眼睛。看剧的时候，她经常把手肘支在包厢边缘上；戴着白色手套的胳膊笔直地伸向指端倚靠的下颌，高傲得像根羽轴。完美的身材撑起白纱常服，就像合拢的羽翼，让人想到一只立在优雅细长爪儿上做梦的鸟儿。"

不知不觉中，普鲁斯特的朋友们迎来了一位公爵夫人的诞生，同时也是整整一个朝代的诞生。有一天，从某个人在裙撑中的侧影，从她的皮肤纹理、秀发，尤其是对重要的事物表现出的满是讽刺和蔑视的态度上，他们认出这是盖尔芒特家族成员。

酝酿才刚刚开始。还得等几年，他们的朋友普鲁斯特可能才把谢维涅伯爵夫人给他留下的印象提炼出来。盖尔芒特公爵夫人将以她为原型展现在众人眼前，但和她并不完全一样："……公爵夫人头发里只有一个简单的枝状珠宝头饰，像一根鸟羽，悬在她的弯钩鼻子和微凸的双眼上方。她的脖子和肩膀从一堆雪白的平纹细布里呼之欲出，一把天鹅毛扇子刚好打在上面……"
她令《追忆似水年华》的叙述者着迷："……
公爵夫人，这个由女神化身而来的女子，在我
看来好像一下子变美了一千倍，她把戴着白色
手套、靠在包厢边缘上的手伸向我……"目前，
普鲁斯特得过且过。谁会怨恨自己的朋友猜不
到全部呢，除了他，可能再没别人了吧？他真
希望他们更爱他啊。

　　普鲁斯特经常和罗贝尔·德·比利一起去克鲁
尼中世纪博物馆或者卢浮宫，欣赏波德莱尔在《灯
塔》里提到的那些画家："鲁本斯，忘川，怠懒的
花园。"普鲁斯特的朋友们可能不是预言家，但他
们不瞎。他在艺术评论方面的才华躲不过他们的眼
睛。在每幅画里，他都能看出一些他们察觉不到的
东西。在参观的空当里，他作了一些诗。后来成了
外交家的某位朋友，收到了这样的诗句："秋日在
你的发间重现 /……但神秘的春天？ /……也在你身

上再生 / 那是你眼眸中暗淡的金绿色。"

他的第一部中篇小说是献给阿纳托尔·法郎士的。似乎为了驱逐内心的邪恶，他在题铭中引用了《效法基督》："不要和年轻人和上层社会的人有太多交往……千万不要在伟人跟前出风头。"普鲁斯特可能预感到，他所喜好的事情以及他的生活令他陷入僵局。人物缺乏重要性，但有一些在他看来很珍贵的题材，源自对他亲身经历的自我批评。《维奥朗特或俗世浮华》的女主人公像他一样，没有意志力。维奥朗特相信，只有痛苦才能带来爱情，经历了某个年轻人带给她的欢愉和耻辱之后，她沉湎于上流社会的生活中不能自拔。

您的学业，普鲁斯特，您学到哪了？普鲁斯特？他心不在焉。普鲁斯特礼貌地回答着问题，但是他讨厌法律。这门课程对他来说太枯燥了，就像在月亮上种花一样乏味。另外，他厌倦司法界，在那儿他交不到朋友。他唯一感兴趣的是心理法和社会法。但他更希望通过观察周围的人，他们的缺点、优点，外露的或者隐藏的动机，以及让他们互相变得亲密或疏离的原因，亲自探究这些法则。他不仅对女人的帽子感兴趣，对那帽子下面的思想同样感兴趣。

相比法律，政治学更吸引他。普鲁斯特和巴黎政治自由学堂同岁。1870年法国战败后，培养一批外交家以避免新一轮灾难变得刻不容缓。俾斯麦的胜利很大程度上得益于拿破仑三世的失策。在当今知名教授的指点下，普鲁斯特了解了法德之间的物质关系。总之，一种历史的逻辑，几部法律，就能决定国际关系。而在这一切的背后，是一群杰出的外交官，巴雷尔、尼扎尔都是父亲的朋友，假使我们仔细观察，这些人说话四平八稳、斟酌再三，最终我们仍不知道他们脑子里究竟在想什么。

简单说，学业扰乱了满满的日程安排，但一切尽量进展顺利。第二年的学习结束后，他的政治学成绩很不错，但是法律专业的课程有一些挂了科。他的父母很沮丧，然而他们不应该感到惊讶。阿德里安不经常在家，但是让娜，她看得很清楚，马塞尔·普鲁斯特晚上从不用功学习。

这次不彻底的失败没有妨碍他去朋友贺拉斯·费纳利家度假，此人的父亲管理着巴黎银行和荷兰银行。费纳利一家邀请普鲁斯特去特鲁维尔，他们在那儿有一群从巴黎过去的朋友。普鲁斯特借此机会写了大量书信和文章，刊登在《会饮》上面。夏末，费纳利一家买下了贝涅尔家租给他们的别墅；尽管没人要求，普鲁斯特还是参与促成了这次交易，并获得一个漂亮的手杖作为礼物。他和贺拉斯的妹妹，美丽的玛丽，互相都有好感。至少，普鲁斯特给她这样的印象。玛丽抱有一线希望，但是他却和夏天一起消失了。

第二年上学的时候他 20 岁。这是个"很漂亮的年轻人，标准的椭圆形脸，两颊红润，扁圆形的眼皮下面是一双漆黑的、溢出来一般的眼睛，好像是用两侧看东西一样"，他的朋友费尔南·格雷格这样回忆他。他也说过这是个"长着瞪羚眼睛的年轻波斯王子"。

　　这一年，雅克－埃米尔·布朗什给普鲁斯特画了一幅肖像画，如今被放在奥赛博物馆展示。作画过程很艰难。布朗什面前的"普鲁斯特身穿晚礼服，衬衣的前胸凹凸不平，头发有点凌乱，呼吸不畅，漂亮的眼睛惹人注目，因为失眠的缘故周围有一圈黑眼圈"。由于实在不想表现出普鲁斯特的兴奋之态，画家重塑了一个被护胸勒住、端坐着的年轻人。在这幅肖像画中，除了插在扣眼里的兰花，其他一切都是对称的，眉毛、胡子、深色礼服的翻边，还有硬领子上的白色三角形。他目光黯淡，头发分梳到两侧，他对这种发型很自豪，画中只有这条发线不在正中间。

这个男孩原本眼神熠熠发光，尽管身体虚弱，却随时都喜形于色。夏天他在特鲁维尔散步的时候，上身穿条纹夹克，脖子上系着彩色浅底花绸领带，下身蹬一条拧腿裤，大衣随风摆动，手里配一根手杖，他把灰白色手套随处乱丢，让人给他寄回来，然后给对方回寄几副手套以示感谢，但是在这幅画里我们看不出来他这副模样。布朗什画的肖像不像那个脸型被平头拉长、凸显线条的年轻人，又不像伊丽莎白·富尔德在香榭丽舍大街上遇见的那个穿着三件外套的年轻人，也不像穿着前胸扣子不成套的衬衣、戴着因为戗毛揉擦而变了形的大礼帽的狂热者。布朗什画笔下的普鲁斯特是完美的。

没什么关系。普鲁斯特喜欢这幅画，它会伴他一生，时间改变不了，他的生活也改变不了。几年后他埋头写作《让·桑德伊》，在很大程度上这算是一部自传小说，在里面他这样描写拉·甘德拉为主人公画的肖像："……一个杰出的年轻人，似乎面对着整个巴黎……他漂亮的眼睛细长白皙，像新鲜的杏仁……面色光彩鲜嫩得像春日的清晨……他看似没有思想的英俊或许会让人沉思……"总之，他对自己的审视，和别人对他的审视同样真切。

普鲁斯特白当了一回花花公子，他从不局限于表象，至少对别人是这样。这几乎是他的一种病，他必须找到隐藏在人们言行背面的东西。他猜测人们的动机，拥有能洞穿他人心思的惊人本领。前一天晚上跟某个人会面，第二天就能给他写信，仔细分析他所讲的话或沉默的原因，通常这种分析都精确得令人咋舌。如果不是文学才子，人们会以为他是"臆测天才"。阿尔封斯·都德说他是"撒旦"。

这样一刻不停地搜寻，把他和周围人的关系变得复杂起来。雅克、费尔南、达尼埃尔，还有其他人，都有一个敏感的朋友，他什么都要分析一通，鸡毛蒜皮的小事也被放大无限倍。罗贝尔·德雷福斯讲述了他过分关注某件无关紧要的事情的经历。高中的时候，普鲁斯特抱怨达尼埃尔·阿莱维几个星期都不理他。达尼埃尔很可能是厌烦了普鲁斯特同时对他和雅克·比才主动亲近。为了安慰普鲁斯特，作为好朋友，罗贝尔·德雷福斯试着将小事化了。结果他收到了普鲁斯特的一封信，信中对每个人复杂的性格进行了分析。"热情的"普鲁斯特想忘掉这件事。"多疑的"普鲁斯特怀疑阿莱维觉得他太"黏人"。黏人，是的。可怜的德雷福斯被普鲁斯特的辩论术绕晕了。

当他还是孩子的时候，母亲问他新年想要什么。他的回答始终都是"你的疼爱"。她笑着向他保证，无论怎样他都能得到礼物和这份疼爱。普鲁斯特心里很清楚，但他就是喜欢听母亲这样说。其他人更复杂，必须驯服他们。但是普鲁斯特希望在他们身上也能得到母亲给予他的这种无尽的爱。这是一场误会。他无法要求他人给予自己那么多爱。因此，大家觉得他太过于礼貌谦让。普鲁斯特送出去的礼物都太贵重了，他们不知道该怎么感谢他。他很会恭维人，享受像那些贵族一样放低身段，对比他们低一等级的人彬彬有礼的感觉。被他的殷切惹恼了的朋友们说，他"太普鲁斯特了"。

《让·桑德伊》讲述了让很赞赏三个聪明男生，但却被他们推倒，并遭到他们的嘲笑；几年后偶遇其中一个男孩，让意识到此人是个十足的蠢货。作者的这场复仇暴露了普鲁斯特和同学们之间不融洽的关系。现实情况甚至更糟糕，普鲁斯特的朋友们并不傻，如果说他们看出来他的殷切中有些许虚伪，那是因为他确实如此。出于想得到他们的喜欢，他靠近他们，希望超出他们的期待，但是害怕让他们失望，重新落单。他的慷慨也是为了让他们喜欢他。

但是谈到文学，普鲁斯特就会直言不讳，哪怕是跟朋友们讨论也是如此。当他们把诗作拿给他看时，他直截了当地说出自己的想法，扔给他们两个词：真诚和朴实。对自己艺术方面见解的信心让他披上了前辈的光环。在他们看来，他的品位比老师们的更准确。他们也欣赏他广博的古典文化，他认为这是创作的必经之路。普鲁斯特认为，如果一个艺术家没有研究过那些大师，他就没多大价值。他不仅读过拉布吕耶尔、塞维涅夫人、缪塞、波德莱尔、巴尔扎克、夏多布里昂、乔治·桑，还看了狄更斯、史蒂文森、乔治·艾略特和《一千零一夜》。不看书的时候，普鲁斯特还是个好同伴，笑意盈盈，不可抑制地模仿阿纳托尔·法郎士。他不仅学人们的动作和声音，还模仿他们的口头禅、表达方式，甚至他们的思维方法。在礼节方面，他对地位低于他的人和对权贵们没什么差别，总是以真诚的关切待人。他为自己买的东西很少，却要花很长时间给别人挑选礼物。他的慷慨，还体现在给穷人的施舍以及出手阔绰的小费上，有时确实有点过度，他总希望对方用爱来回报他。

他担心被人遗弃，但这并不妨碍他待在家中读书或思考。首先要进入的圈子，要研究的主题，就是他自己。因为生病，他经常要独处，这有助于他内省。普鲁斯特以前同情诺亚被困在方舟上，现在终于发现在这儿能看到多么广阔的世界了。他知道自己属于一个"美好而可悲"的神经质大家庭，他的一些痛苦反而能孕育出很多作品。尽管失眠让他筋疲力尽，但却催生了关于睡眠的思考；病痛帮他弄懂了一些事情，有关于他的，也有关于别人的。但他依然是那个极度敏感的男孩，一丁点的猝不及防都能拨动他的神经。到了初中，在课间休息时，如果遭到同学的嘲笑，出于身体的原因，他不会像其他男孩们那样去打一架。普鲁斯特长大了，但并没有强壮起来。

说到底，他中肯独特的意见令朋友们赞叹，然而他对社交活动的喜好和把一切搞复杂的怪癖又让他们厌烦。费尔南·格雷格准确还原了他们被激怒的赞叹："他的……优雅是被包裹起来的，表面上看很消极，实际上是很积极的。但他不喜欢那些不爱他的朋友，他会轻易地离开他们，像他当时接近他们一般轻……他始终知道每个人的虚荣敏感点在哪里。……英俊、优雅、才华横溢或者智力超群，这些品质他同时拥有，比起他那些绝妙的恭维，这些品质让他可爱一千倍。"

20岁的时候，普鲁斯特又做了一份调查问卷。比起被欣赏，他更"需要被爱，被抚摸，甚至被宠坏"。他本身就是个温柔的人。太温柔了，这些有教养的男同学们这样评价他。普鲁斯特依然坦率地表明自己的性向，似乎他无法掩饰真相。我们不知道他是否考虑到同性恋这个问题，但当别人问他"你最讨厌什么？"这个问题，他的回答是："我的罪恶。"

爱情方面，他混乱到了极点。普鲁斯特希望男人"有女性的魅力"，女人"有男人的刚毅，且在友情里更加坦率"。然而，异性恋的人更吸引他，他身上这两组颠倒的立场就像摄影底片。但是他们被他烦死了，他的坚持不懈吓跑了他们。总之，他的情感生活一片狼藉。到青春期他的同性恋倾向还是没有消失。

几年中，他放任自己，毫无保留。17岁的时候，刚开学，他就给老师阿尔封斯·达尔吕写了一封长信，希望他能给一些关于自我审视，关于注视他的"另一个我"的一些建议。他的这个请求完全就是一种忏悔，向一个才认识一天的人忏悔，但是他说，对此人"十分欣赏"，这样说很可能不再是恭维，而是赞扬。几个月之后，我们也不完全确定，他可能还向班里一个同学透露自己在"某个疯狂的时刻"产生了"十分下流的想法"，之后也向另一个朋友还有他的父亲承认了这个错误。普鲁斯特需要坦白以此获得宽恕，再也不会这样了，再也不会坦白。他再也不会坦白自己的性取向了，只有一次，很久之后，他对纪德说："……对女人只有精神之爱，只对男人有爱情。"不论普鲁斯特说什么，他从来不加上"我"。这就是他讲述实情的方式，他唯一能接受的方式，模棱两可。

普鲁斯特和朋友们回到讷伊打网球的时候，他没有上场，因为身体太弱了。他包揽了下午茶，带去很多甜点。天太热的话，他就去旁边的咖啡馆买啤酒喝柠檬水，回来的时候哼哼唧唧抱怨一通，然后第一个哈哈大笑起来。

男生打球，他就和年轻的女孩们待在一起，给她们解闷，他跪在地上，满脸笑意，把球拍当成曼陀林,假装在演奏小夜曲。他和她们聊天,甚至大献殷勤,但她们并未察觉出来。关键是这一切都被她们的未婚夫识破了,打完一局,他们就回到他的"后宫",又吃醋又气恼。据加斯顿·德·卡亚维回忆,普鲁斯特服兵役的时候,曾经绕着他的未婚妻让娜转来转去;甚至还问小姑娘要了一张照片。加斯顿很难接受这件事,但是他刚刚意识到,普鲁斯特已经俘获让娜的母亲、叔叔们和堂兄们的心,他们不再相信他了。普鲁斯特布下天罗地网,但猎物总是出人意料。他并不觊觎朋友们的女伴;他希望引起他们的嫉妒心,让他们对自己感兴趣,甚至,爱上他,这谁能说得准呢。如果她们中间哪个人觉得产生一点点冲动,"谨慎的"普鲁斯特就马上拿和她未婚夫的友谊当挡箭牌,从中脱身。

朋友们的母亲,还有他经常接触的上流社会女子,全都是他掩饰自己性取向的幌子。他毫无顾虑地导演和她们的关系。因此,他给热奈维耶芙·斯特劳斯写信说："我认为您只喜欢这样一种人生，智慧不如思想重要，思想不如分寸重要，分寸不如装扮重要……您不屑于我对您的情感，而我却痴狂地想成为您这位冷漠女王最恭敬的仆人。"热奈维耶芙本可以把这些恭维话退给他，但她太了解她的普鲁斯特了。后来，他嫉妒了，对她发脾气，说她没有给他足够的时间，然而"柏拉图式爱情需要付出很多"。他一定是很有魅力，她才不会对他生气！

还有路易舅舅的情妇劳拉·海曼，他经常去她的沙龙，爱她就像爱一件艺术品。他极其细心地在奥黛特·德·克雷西身上保留了她的一些特征。簇拥在这个女人周围的男人们称赞她的美貌，这些"信徒们"自称是"信奉劳拉·海曼的教友"。比起为了爱她，这更是为了"同道中人"更好地互相了解以及赏识。她出生在安第斯地区，父亲很早就过世了。母亲让她做了高级交际花，"年轻大公们的性启蒙人"，也接待一些比她年龄大的人。美丽的劳拉不仅教人床笫之事，也会用纯正的法语交谈。普鲁斯特 17 岁的时候，她 37 岁，她称他为"我内心的小心理学萨克森瓷器"，一方面因为她自己收藏了很多瓷器，另一方面因为普鲁斯特面容娇嫩、举止优雅。传言她和普鲁斯特的关系不止于柏拉图层面，这很难令人信服。不管怎样，普鲁斯特就是在劳拉的沙龙上遇到了她众多情人之一——保罗·布尔热。作者把这个年轻人刻画得很生动："他不会再喜欢我的书了，因为他太喜欢了。……太喜欢，就是不喜欢的前兆。但是他不会不喜欢在我身上猜测、寻找的这种艺术之美，不值得。……告诉他努力培养如此美妙的智慧给予艺术之美的一切事物吧！"

怎样解释他对罗拉·萨德，即著名的谢维涅伯爵夫人产生的吸引力呢？她看上去像一只鸟。诚然，看着她的照片，随时都能想象到她的活泼跳动，转动着修长脖颈上那颗脑袋的样子。普鲁斯特见过她戴着帽子在香榭丽舍大街上漫步。后来在一个沙龙上相遇，他才有机会在看到她的时候脱帽致敬。况且，他每天早上都能见到她。实际上，他在等着她出现。刚开始她以为就是不期而遇，后来发现是这个对社会上层着迷的小资产者不得体的坚持所致，和他四目交汇时，伯爵夫人看到他黑色眼睛里冒着兴奋的光芒，怕他不是爱上了她。这个讨厌鬼冒昧地跟她说话，越了界限。半恼怒，半害怕的她想要甩掉他，含沙射影地说自己要去别人家做客："菲茨·詹姆士是我未婚夫"，然后转身就走了。这样粗暴的借口打败了魅力，结束了一段有趣的风月故事。他们成了朋友，一直都是，直到劳拉发现，和他好了几年后，普鲁斯特从她身上提取了一些在她看来并不讨喜的特点，投射到盖尔芒特公爵夫人身上去了。

这些女人的头脑、修养，尤其是对普鲁斯特的宽厚耐心，和让娜·普鲁斯特有一点相似。只不过她们比他的母亲更外向。这些"恋爱"关系都是有头无尾的。

这不正是普鲁斯特寻找的吗？让人看起来霉运不断总比被说成是同性恋好多了。这些夫人的知心人有的是时间仔细观察她们的男伴以及爱情的活力。

最后所有人都被骗了。很久之后，普鲁斯特指责让娜·布盖不理他，那时她已经嫁给了加斯顿·德·卡亚维。据说他最终相信了自己的戏码。可怜的让娜！融合了玛丽·德·贝纳尔达齐还有其他女孩的影子之后，她就变成了吉尔贝特，夏尔和奥黛特·斯万的女儿。她怎么会觉得普鲁斯特那时是在追求她呢？

普鲁斯特说"不知道怎么做，也做不到有'意志力'"。如果他拥有"意志和诱惑"的天资就好了。然而，大家称赞的是他的才智、眼神、声音的魅力。显然，他缺乏意志力。至少他知道自己不想要什么，这开了个头。他不会全身投入写作，因为这太难了，而且他自认为没有这样的才华。毕竟他还很年轻。况且，他能选什么主题才值得那么努力工作呢？

不管怎样，他的志向遭到了父母的阻挠。他们对他喋喋不休，说文学算不上一项职业，同时又向他让步，这种让步在他看来小得可怜，优秀的法学家也有文学素养。他们给他举例说，有个法官，因为他杰出的文学修养被人称颂。普鲁斯特没有反抗。冲突只会过早地再次展开关于他职业的争论。1892年夏天，法律考试挂科之后，他决定参加秋天的补考，但并不打算因此中断自己的社交活动。

普鲁斯特既是幻想破灭之人，也有属于自己的失乐园。彼时他处于这两极中间，童年和幻想的破灭也丰富了他的作品。他想看穿"上流社会"的秘密；但他不知道，一旦靠近某个古老的姓氏，它的神秘之美就消失了。在他看来，沙龙依然光芒四射。这方天地里的男人们受女人们支配。巴黎有100多个沙龙，够他余生逛得了。尽管熟客们对新来者充满了怀疑，但这里依然是建立人脉的优选之地。这儿的交谈或精彩绝伦，或浅薄无聊，有时二者兼具。对于普鲁斯特而言，与人会面，既是对抗孤独的良药，也是躲开母亲再重新回到她身边的一种方式。既然由于哮喘的缘故，不能去挚爱的乡下，他就不能再放弃出门的乐趣了。

这些社交圈子都有严格的规定。任何人都不能讨论自己的职业或艺术。原则上，是由一位女性举行沙龙，一般是在下午四点之后开始。刚吃过饭就招待客人不太合适。当然也有例外。总之，就是这样流行起来的，也可以把沙龙安排在晚上，十点或者午夜之后。如果一个上流社会的男人下午出门，他就会脱掉深色外套，摘掉圆顶礼帽，换上燕尾服、大礼帽。

然而沙龙并不仅仅是只会打扮得体的浅薄之人的聚集地。这里还是某些重大事件的前沿发源地。众议院议长让·卡西米尔·佩里埃就是在格雷菲勒伯爵夫人的沙龙上得知萨迪·卡诺遇刺的消息，之后取代他当上了共和国总统。德雷福斯事件发生后，法国分成两大阵营，一些贵妇冒着某些权贵弃沙龙而去的风险与他们作对。尽管很尊重巴雷斯，热奈维耶芙·斯特劳斯还是断然公开支持那位遭到不公控告的军官；德彪西、德加、德塔耶、莫拉斯，还有另外一些人很快就离开了她的沙龙。维尔迪兰夫人（《在斯万家那边》里面的人物）将是德雷福斯派，奥黛特·斯万将保全她的社交关系。

然而，沙龙在这个事件中扮演的角色将是所有角色当中最不起眼的。共和国会把它变成一些美好的小回忆，但这需要一点时间。君主制差点在 1789 年大革命中消亡，可最终也挡不住 1848 年建立的制度。在滑铁卢的第一次尝试失败以后，帝国可能就在色当灭亡了。错了，旧制度和它骁勇的军校学员只不过受了致命伤。他们几年之后才会在沙龙的温热中消散，彼时的沙龙也都奄奄一息，只剩下最后一批常客还说着好话自欺欺人。公共教育会把法兰西变成一个面向所有人的巨大沙龙。

普鲁斯特觉得越来越紧迫。借着一次次会面的机会，他深入到一些圈子中，但还有很多事要做。保罗·布尔热说，"上流社会"不是可以"进去"的地方。他们要么"属于"那儿，要么不属于，就这两种可能。
他辛辣地补充道："……努力找个里面的人结婚吧，
您走着看……"普鲁斯特没有一心想要结婚，他只是
想被上层社会接纳，但这已经不是小事一桩了。当时
声名显赫的医生或者艺术家们与那些泛泛之辈截然不
同，即便如此，他们从未得到像那些拥有贵族头衔的
人一样的尊重。然而普鲁斯特甚至都还算不上一个作
家。他只不过是一个出身资产阶级家庭的年轻同性恋
者，还有一半犹太血统，而这个国家的排犹主义正愈
演愈烈。《自由论坛报》里充斥着对"鹰钩鼻部落"
的抨击言论，巴拿马丑闻将"犹太财团"卷入台风眼。
这样一个重度缺陷的人，怎么能被圣地中的圣地圣日
耳曼区接纳呢？

星期二，蒙梭街上挤满了车辆。勒梅尔夫人[1]正迎接宾客。很快人们就挤在了用画室改装的沙龙上。毕维·德·夏凡纳、德塔耶和贝劳德[2]都是常客。开始的时候，女主人接待艺术家和资产阶级人士。郊区的人不来。玛德莱娜·勒梅尔所说的"无聊的人"，并不是指那些平庸的能说会道之辈，而是对她而言所谓高高在上的贵族们。后来有几个贵族受不了一直有新人加入，追随于泽斯、吕伊内或拉罗什富科推门而去。跟这些人打交道真不容易。要是给拉罗什富科伯爵安排的位置不对，他

① 即下文出现的 Madeleine Lemaire，玛德莱娜·勒梅尔。——译者注
② 即下文出现的 Jean Béraud，让·贝劳德。——译者注

就会大喊："是从我坐的地方上菜吗？"他们不光看不起平民。有时连姓氏的年数大小在他们之间也是一个无法翻越的障碍。拉罗什富科对吕伊内家族的判决无可辩驳："1000年的时候他家还不知道在哪儿呢。"

最顶端的圈子里总有几个人因缺席而引人注目，但最初的重整也吸引了一拨慕名而来的新艺术家们。但是他们互相怀疑，不喜欢做国王的弄臣。上流社会的人则像白化病人害怕阳光一样，害怕他们的眼神；他们很快便同台亮相，但都不是最佳角色。然而每个人都得到了好处。艺术家们的出现令贵族们飘飘然。比起同僚，跟他们在一起消遣更有乐趣，等他们回到私人府邸时，眼睛里还因为稀奇古怪的想法闪着光，这一星期都不缺故事讲了。艺术家们靠着这些权贵提高自己的身价；勒梅尔夫人喜欢在音乐晚会上，向那些享有盛名的听众们引荐新人才。刚开始，他们只能出现在"剔牙"时间，也就是私人晚宴结束后，被打压的傲气刺激了他们的灵感。

"女主人"既不漂亮也不爱打扮，发型凌乱，深色的眉毛十分浓密，厚厚的眼皮耷拉下去。但是她冷漠的表情很迷人。就像后来维尔迪兰夫人承袭的她的外号所示，她精力充沛，在绘画和社交中都游刃有余。她很会画花，小仲马说她"在上帝之后创造了最多的玫瑰"。

1893 年春天，普鲁斯特应该是在她的家里遇见了罗贝尔·德·孟德斯鸠，此人既是艺术家也是贵族，是巴黎式生活的重要人物，谈吐惊人，有一些出身尊贵的直系亲属，例如查理·德·巴兹，即达达尼昂的原型。这位附庸风雅的王子对"玫瑰女皇"忠心耿耿。他也是位诗人。要不是和普鲁斯特交往甚密，我们可能都把他忘了。但是当时，他是个显耀人物。埃雷迪亚对他的诗赞不绝口。巴雷斯把《格雷科》献给他。能和他的应酬齐平的只有他的虚荣心。尽管他极力否认，但很可能是他启发了《逆流》的主人公德泽森特，比起普鲁斯特设想的人物，这个人十分单纯。

当普鲁斯特被引荐给他的时候，伯爵已经37岁了。此人棱角分明，十分帅气。棕色头发被梳到后面。对于他瞧不起的人，也就是说几乎所有人，他总是轻狂地抬着下巴打量。甚至在照片里，他细长的身影看上去也好像要翩翩起舞。消瘦的面容差点让人以为他很阴郁，但实际上他嗓音很尖，以至于人们不想他出声，但这永远不可能。罗贝尔·德·孟德斯鸠时刻都在表演。有他在的地方，就少不了趣闻轶事、精彩故事和妙语连珠。他的声音升到最高然后降下来，恰巧手腕也随之弯曲，垂下戴着手套的手。

孟德斯鸠，艺术家们奉承他，贵族们看不起他。他是给年轻人打开上流社会和文学大门的良师。他和著名的诗人、作家都有密切地往来，例如马拉美①。但是搞艺术的贵族，真是败类啊！他的同僚们这样想。他们嘲笑他，歪曲他："——您在干什么呢，亲爱的大师？——我正在把我写的诗翻译成法语。"尽管他几乎到哪儿都受到欢迎，但仍有一些堡垒将他拒之门外，并且一直攻击他。他用了几年费尽心机得到卡亚维夫人的邀请，以便和阿纳托尔·法郎士以及她沙龙上的其他贵宾平起平坐。

普鲁斯特听这位"美学教授"跟他讲述绘画、家具和物件，两人之间产生了一种完全柏拉图式的关系。在爱情上，一致的喜好令他们分道扬镳：和孟德斯鸠一样，普鲁斯特只喜欢年轻人。他们见面，写信，普鲁斯特对他的尊重堪比太阳王："您的灵魂是一片难得的精彩的花园……""在这没有思想没有意志力，说到底没有天才的时代，您的沉思和力量出类拔萃""每一次，亲爱的先生，我看望您，都会发现

---

① 即后文出现的 Stéphane Mallarmé，斯特凡·马拉美。——译者注

您身上更好的品质，更加宽广，就像攀爬高山的惊人旅者，视线总是在扩大。前天的'转折点'最美。我到达顶峰了吗？"奉承者五体投地："向大人陛下致敬。"孟德斯鸠渴望赞美，普鲁斯特满足他的愿望。他这样驯服动物，差点因为夸张的恭维给自己的名声抹黑。他自己不也拿这些颂词消遣吗？要是我称他"大人"呢？小小的"陛下"就能突出一切吗？看吧！普鲁斯特用蜜罐般的赞扬溺死了他的受害者。

但要说到正经事，他就会一本正经起来，即使面对的是他敬畏的人或者他认为对自己的计划有用的人也是如此。德雷福斯事件出现的时候，他给孟德斯鸠写信说："昨天您问我关于犹太人的问题，我没回答。理由很简单：虽然我和父亲、弟弟都是天主教徒，但是我的母亲是犹太人。您明白这个原因足够解释为什么我不参与这种讨论了……您的无意可能伤害了我……"普鲁斯特厌恶仇恨这种蠢事，更何况针对的是他在世上最看重的东西。

出于习惯，他向孟德斯鸠要了一张照片，他收集了很多，这些以后都是他回忆的素材。他的君主给了他一张写了字的相片："我是短暂事物的统治者，1893。"伯爵上钩了，芝麻开门！普鲁斯特求他把自己介绍给他的朋友们，那里面就有一些郊区大腕：拉罗什富科伯爵夫人、波托卡伯爵夫人，还有菲茨·詹姆士伯爵夫人，当初谢维涅夫人打发走那个胆大妄为的青年之后，去见的就是詹姆士伯爵夫人的丈夫。

普鲁斯特要耐心等待才能见到孟德斯鸠的表妹，格雷菲勒伯爵夫人。这位女性令他着迷。漂亮又自恋的伊丽莎白·德·卡拉曼–希迈是个大家闺秀。几近破产时，她嫁给了亨利·格雷菲勒伯爵，此人刚刚获得爵位，身上的平民气息还没散去。他继承了银行家家族的丰厚财产，长得像扑克牌上的国王，方脸，微微弯曲的头发趴在发线两侧，浓密的胡子只给清澈的眼睛留下刚刚好的位置。只有这些相似的地方了，剩下的部分，他更像个马夫。这位亲爱的亨利让妻子花天价为他的慷慨赠予埋单，在外面花天酒地，专横地对待她，苛求她午夜之前必须回家。要是第二天，伊丽莎白和妹妹不幸回来晚了，午饭的时候，他就对着仆人们叫嚣："别给这些下流胚子东西吃！饿死她们！"

虽然遭到丈夫的讥笑，但伯爵夫人确信自己很美，她对自己的赞美堪比普鲁斯特对孟德斯鸠的恭维。她计划不久之后要把一本书投递给龚古尔，从这件事可以看出她有多自恋。在书里，她"歌唱自我感觉漂亮带来的……疯狂而神奇的喜悦"。歌剧院里的人们给她的感觉是"一群热情的情人，她可以任性地从他们中间穿过"。她害怕平淡无奇。她的服饰也都是独一无二的，比如曾祖母塔里昂夫人，大革命时期的"热月圣母"，留给她的那条裙子。普鲁斯特第一次见到她是在瓦格拉姆公主家中："她戴着波利尼西亚式的发饰，淡紫色的兰花垂到她的项背上，就像勒南先生说的'花帽'。他把她变成了盖尔芒特公爵夫人，但是她的社会地位，与丈夫的结合，对孟德斯鸠表兄的眷恋，都被安在了这位公爵夫人身上。"

必须把格雷菲勒伯爵夫人的优雅、谢维涅夫人的弯钩鼻子、斯特劳斯夫人的智慧都安到一颗脑袋上。这将会是一个怎样的女人啊！普鲁斯特会爱上她的。要是他知道勒梅尔夫人、卡亚维夫人和欧博农夫人要开沙龙，他肯定会马不停蹄地赶过去。

其他样本接连而来，人际圈子一下变大了，普鲁斯特在上流社会交友广阔。为了感谢恩人，他提出要把写给赫赫有名的《白色评论》的习作献给他，这是年轻作家获取支持的一种很狡猾的手段。

他们越来越亲近，导致了一些危机。孟德斯鸠是个专横的人，普鲁斯特不愿受他支配。总是窥伺玩乐机会的他有次公开模仿这位良师的声音和大笑，滑稽地学他生气的样子和尖刻的评论，照他的样子，朝后仰着上半身跺脚。有些好事者告诉了孟德斯鸠，他气急败坏。普鲁斯特巧妙地对伯爵又是忏悔、又是认错、又是责备，终于摆平了这件事：他假装很懊悔，夸张地赞美他，还恬不知耻地批评那些总是添油加醋的人们。

孟德斯鸠周围已经升起一层光晕，尽管没人看见，但光晕日益变大，溢出边缘。这不是他的亡灵，也不是他的魂魄。这是沙吕男爵。此人身上也有欧博农夫人的表哥，多阿藏男爵的影子，多阿藏对同性恋们虚伪而猛烈地攻击，很大程度上是因为他为讨好一个波兰大提琴手破了产。孟德斯鸠和多阿藏互不赏识；两人太相像了，相互侵犯对方的关键领域。但他们被强行糅合到沙吕身上，这是对他们的惩罚。当孟德斯鸠从躲在他羽翼下的那个人的作品里看到沙吕的时候，他认出了自己的高雅、为他赢得名声同时也败坏他名声的癖好、异乎寻常的怒气、对年轻男子的爱恋。总之，他认出了他的人生。与此相比，普鲁斯特仍然引以为豪的模仿显得那样温和。

多亏了一位高中好友，普鲁斯特结识了同龄少女热尔梅娜·吉罗多，他假装追求她。热尔梅娜的父亲曾经和欧仁妮皇后关系密切，他还为旧制度的不复存在哀叹不已，在记事本里，他这样描述围着他女儿团团转的这个年轻人："他的美总是存在反差。脸颊很白，但眼睛很黑。"热尔梅娜的品行无可非议，看照片就足够了。白，黑……普鲁斯特想到莱昂·德拉福斯指尖掠过的琴键，他刚刚遇到这个年轻钢琴家没多久。在这种美妙的沉思中，他结束了第三年的学习，假期开始了。

来圣莫里茨放松的，都是上流社会的人，他们在拜罗伊特疲惫不堪。普鲁斯特和朋友路易·德·拉萨勒一起来这里小住，此人后来也成了一位作家。莱昂·富尔德夫人以及普鲁斯特和其他一些在巴黎的熟人也都来到这里。女儿伊丽莎白评价莱昂·富尔德，是个"真诚的朋友，在文学上经验丰富"，她确实很真诚，但并对"花蝴蝶普鲁斯特"[①]并不那么内行："他一事无成！"他的红棕色粗呢西服引起了伊丽莎白·富尔德的兴趣，并给普鲁斯特画了一张略复杂的肖像："眼睛是黑色的，很温柔，很大……头发也是黑色，有光泽，浓密，太长，厚厚的一绺搭在额头上，脸色苍白，虚弱……他不够仪表堂堂。"

普鲁斯特在一篇文章和一部现场创作但未发表的四声部书信体小说中，描写了那里的美景。这部小说的灵感来源是泰奥菲尔·戈蒂埃参与撰写的《贝尔尼十字路》。路易、费尔南、达尼埃尔和普鲁斯特分演四个角色。普鲁斯特承袭了女主角——波利娜·古福尔－迪维斯的财产。她爱上一位中士，她

---

① 原文是"proustaillon"，富尔德夫人给普鲁斯特起的绰号，该词后半部分"aillon"源自法语单词"papillon"，即蝴蝶，指的是普鲁斯特出现在一个又一个社交场合，像一只蝴蝶一样。
　　——译者注

还有些像普鲁斯特。波利娜很敏感，雨天会流泪；她记得很小的时候，每逢天气不好，她就不能去香榭丽舍大街上玩。为了逃离诱惑，她离开了巴黎，但又不喜欢新地方。对她来说，还有什么比新房子更残忍的呢？一张新床。

这年夏天，普鲁斯特的一些研究第一次登上了《白色评论》杂志，主要涉及回忆和遗忘的关系、痛苦的创造力和单纯的友谊中更显亲密的友情。普鲁斯特还写了《无关紧要》，这是三年后出版的中篇小说，预示着《斯万之恋》的诞生。最终，他用幽默活泼的笔调，创作了戏仿作品《布瓦尔和佩库歇的凡俗生活》。这部作品借福楼拜的人物角色之口，唱的都是关于贵族、富翁、新教徒、艺术家和犹太人的陈词滥调。

终于参加考试了，对他来说简直是个坏消息。三年的学业转瞬即逝。功亏一篑太可惜，普鲁斯特现在差不多算得上是个作家了。但是他的父亲觉得，22 岁这样的年纪，是时候敲响职业生涯的铃声了。

普鲁斯特的想法泄露了自己对于选择一种职业并无热情。他给罗贝尔·德·比利写信说，相比外交部，他不怎么讨厌审计法院，因为在后者工作的话，他会有散步的时间。但是他必须说服父亲。这个问题很重要，他写信跟他说："我一直希望能最终完成文学和哲学的学习，我自认为是学这些的料。但是我发现，每年能学的都只是越来越实用的学科，我还是赶快在你给我提供的实用职业里选一项吧。按着你的选择，我开始认真准备外交部或文献学校的考试。至于诉讼代理人事务，我非常希望进一家经纪人事务所。另外，请相信我在那儿待不过三天。并不只是因为我一直相信，除了文学和哲学以外，我将来做的任何事情对我而言都是浪费时间。但是在许多痛苦中间，总有一些比其他的要好过一点。我在最绝望的日子里，也从未想过比诉讼代理人更糟糕的职务。我避开了这个工作，对我来说，大使似乎不是我的天职，而是一剂良药。"显然他不再考虑审计法院。但他曾经考虑过吗？如果阿德里安在信尾写上"你看着选吧"，那他就错了。战斗开始了。把事情搞复杂，以此来争取时间，这就是普鲁斯特的策略。

就在这时，他的朋友威利·希斯去世了。他们刚认识不久，但普鲁斯特可能希望和他的关系更进一层。带着青春期的浪漫主义思绪，他说他们本来希望齐心生活在"由崇高而优秀的女人和男人组成的圈子里，远离愚蠢、罪恶和恶意，以便（自我）感觉躲避掉它们的庸俗之箭"。威利和埃德加·奥贝尔格外相像，他们在如花的年纪逝去，提醒普鲁斯特自己没有不朽之躯，不能再浪费剩下的时间了。祸不单行，军队命令他准备参加军官考核。难道疯了吗？幸好，普鲁斯特的父亲认识一位通情达理的医生。

这一系列事件又把选择职业的问题推迟了一些，更何况普鲁斯特一点也不主动去选。然而，要准备考核，首先要注册，否则又要浪费一年。或者说又赢得一年的时间，这得看站在谁的角度考虑了。焦急的普鲁斯特的父母催促他去恳求一位调解人，一个叫夏尔·格朗让的参议院图书管理员，也是马蒂尔德公主的朋友。

普鲁斯特摊出他的第一张牌：博物馆馆长。课程很简单，一条线走下去就行：学士学位，博士学位，卢浮宫学院，罗马学院。照这样的节奏，再讨论职业这个问题的时候，他得 30 多岁了。在给格朗让的信中，他假装觉得这条教育之路太长了，打赌说对方一定会有解决的办法。拍马屁对他来说小菜一碟，毕竟他在孟德斯鸠那里做了大量的练习："我期待明天还有其他奇迹出现。因为您和把宝石变成癞蛤蟆的仙女正相反。您能将可选择的那些令人厌倦的肮脏事业变成奇迹，而我就在这样一个充满魔幻魅力的山洞中。"于是，格朗让建议去审计法院。普鲁斯特虚伪地反驳说，那要花太多时间准

备了，他还解释道，更何况他第一次的尝试有可能
会失败，恐怕是"灾难"。普鲁斯特更希望去罗马
学院，或者更确切地说只去罗马不去学院。抑或在
为进入审计法院第二次努力之前，有时间先完成在
文献学校的学习。他也可以请求作为志愿者先到博
物馆服务一段时间，同时，按照格朗让的"选择"，
准备考取文献学校，文学学士学位，或卢浮宫学院，
又或者投身"职场工作"。可怜的格朗让很严肃地
对待这件事，坚持认为普鲁斯特不适合文献学校。
于是，普鲁斯特向这位杰出的调解人提了其他建议：
参议院公文拟稿员，美术学院督学。外交部空出来
的那个档案保管员的位置如何？他打听道。虽说前
两年没有薪水，但重要的是这个工作不费时不费力。
他缠着格朗让，就他们能预料到的假设问了个遍，
建议再去问问公共教育部长庞加莱先生，向格朗让
保证会按照他的意愿行动。

　　现在我们的调解人被这件棘手的案子缠身已经一

个月了。深陷泥潭多好玩啊，普鲁斯特心想，但必须给出致命一击了。他又回到最初去博物馆的想法，不排除任何职业，顺带请求格朗让帮他联系一些出版社来实现他手中的计划，他把一切搅得混乱，开始攻读文学学士，而他的父母已经被绕得晕头转向了。选择职业的事情再次被搁置。

普鲁斯特渴望学习文学和哲学。他说，文学和哲学能让他逃离世间琐事，"不屑死亡"。他对布特鲁的作品感兴趣。人类的认知不更是从他们的历史而不是本质获得的吗？他太喜欢哲学了，除了上课，他还与孔多塞中学亲爱的老师达尔吕先生交谈会面。他们讨论外部世界的真实性以及能够感知外部世界的更加真实的创造性思维。这种"印象主义"哲学认为真实性存在于情感和感觉中。达尔吕的伦理学不符合基督教伦理，他更倾向于通过思维的进步找寻真理。普鲁斯特认为他的思想里有一种无信仰精神，和他的不可知论很相符。这个生来满腹怀疑的人怎么会有信仰呢？普鲁斯特怀疑一切，什么都不排除。

在一篇从未发表过的文章里，他反对一部分文学先锋，认为他们太堕落。普鲁斯特坚持认为，孟德斯鸠和当时的堕落文学断裂关系，并效法始于波德莱尔的新古典主义。普鲁斯特是在为孟德斯鸠的简约辩护吗？这双重的矛盾给普鲁斯特的骁勇战斗添加了一些必败的色彩。尽管他想讨好他的良师，但他可能还是很真诚的。"短暂事物的统治者"实际上关心的是"不朽的事物"，更接近波德莱尔，而不是某些年轻的诗人。但是《白色评论》没有接受这篇偏离了它的出版理念的文章。

然而和《会饮》合并不久，它就发表了普鲁斯特的一些作品选段。《入夜之前》的女主人公名叫弗朗索瓦兹。她含糊地承认了对女性有吸引力，但是她的同性恋倾向没有被定罪："如果旨在延续种族的，像家庭、社会、人类责任一样高贵的生育爱恋比纯粹满足感官的爱恋更高等，相反，不生育的爱恋之间没有等级之分，一个女人同另一个女人在一起得到欢愉，不比她和一个男人得到欢愉更不道德。这种爱恋源于太过神经质的歪曲，以至于无法容忍道德内容。"普鲁斯特没有跟他的朋友达尼埃尔讲别的事情。

在孟德斯鸠组织的一次讲座上，普鲁斯特以波德莱尔的方式，对他的意见"绝对同意"。但是他们融洽的关系突然因为莱昂·德拉福斯而被扰乱了。这个年轻的钢琴家给孟德斯鸠的诗歌谱了曲子。为了帮助莱昂出版，普鲁斯特将他介绍给了诗人。后者很快就独揽了这个漂亮的音乐家，并且敏锐地预言："我希望您的乐曲能和我的诗歌本身一样流传下去。"然后，因为不满德拉福斯被从他身边夺走，孟德斯鸠责备普鲁斯特没有像他许诺的那样，发表《论孟德斯鸠先生的简约》。

普鲁斯特太看重他和伯爵的关系了，不能冒险和他绝交。德拉福斯从他手中逃掉真是太可惜了，以后再找他算账吧。钢琴家鼓舞了不怎么友好的莫雷尔，此人深受维尔迪兰一家的赏识，是沙吕男爵不专一的情人。目前，最重要的是追随孟德斯鸠。他的恩惠以及他呈现给自己的观察阵地比其他都重要。1894年春，这位大老爷在凡尔赛召开了一场美轮美奂的音乐诗歌庆典。普鲁斯特在《高卢人报》的一篇文章中报道此事，他在这份报纸上的笔名是"全巴黎"。年轻的作家在格雷菲勒伯爵夫人身上大挥笔墨，"她穿淡粉紫色的真丝连衣裙，上面点缀着兰花，覆着一层同样色调的真丝薄纱，帽子上也满是兰花，整个被淡紫色面纱围住"。这场庆典很成功，但还是有点扫兴，因为文章在印刷前被删了一部分。珀多卡夫人丢了服装，贝佳斯王子和霍兰夫人不见踪影，就像普鲁斯特的名字巧妙地混进了批注"其他出席者"。关键就在于此，这些响当当的名字让普鲁斯特如痴如醉，如数家珍。

一般人都会觉得，这种啰啰唆唆很像冗长的宣叙调，是最精彩的歌剧的累赘。但是他，普鲁斯特，却在研究是什么把这些家族连在一起，它们连接在一起背后有什么隐情，家庭中的纠纷或联姻是如何将它们分离或和解的。在这长长的肖像画廊里，普鲁斯特徜徉在那些闪闪发光的名字谱成的旋律中，这些名字前后相连，起伏波动，每一个都和其他名字交相辉映，将往日的深沉带到眼前。但是当圣日耳曼郊区拉开它的大门时，军队差点毁了这魅力。普鲁斯特突然发觉自己拎着步兵装备来到一群雅士中间。在这场奢华庆典开始前几日，战士普鲁斯特被召回去参加为期一月的训练。幸好，急性发作的窒息在最后一刻将他从噩梦中解救出来。军队是时候放过普鲁斯特了，何况还有一位军人开始受到重视。

这个世纪风云动荡，侵略、革命、政变、国王退位、皇帝流放、政体动荡不安。法国战败普鲁士，东部省份被普方吞并，巴黎公社以及随后的镇压运动重创了法兰西。随着布朗热主义、巴拿马丑闻和无政府主义的袭击，动乱愈演愈烈。

几年来，一些人为法国遇到的这些困难找寻别的解释。爱德华·德律蒙发表了《当代史论》，毫不拐弯抹角地冠以《犹太法国人》的标题。这部作品一直很畅销。支持者认为他是"真诚的爱国者"，猛烈抨击了由犹太人造成的法国的衰落。他的论点赢得了大众和一部分资产阶级与贵族精英的共鸣，而一些左翼人士则将犹太人和资本家视为一丘之貉。排犹的民族主义刊物攻击犹太人，天主教的刊物则助长了反犹太教的气焰。军队中，犹太军官被怀疑背叛法国，刁难重重。

发生了一些孤立事件。因此，为了捍卫荣誉，梅耶上尉在同莫雷斯侯爵的决斗中丧命。这引起很大反响，但大部分法国犹太教徒还是相信最好的回应就是做个老老实实的公民。

就是在这样动乱的背景下，1894年10月，《自由论坛画报》督促政府逮捕某个被认定为替德国服务的间谍之事。当得知叛徒可能是参谋部某个犹太军官的时候，新闻界炸开了锅。陆军部部长麦锡尔将军被吓破了胆，没等审判就发表声明，说德雷福斯有罪。史无前例地，被告遭到了新闻界的暴力攻击，军事法庭的定罪，被降了公职，并被放逐到圭亚那海域的魔鬼岛，以此作为他叛国的惩罚。魔鬼岛！多么完美。

1899 年，他被放回来，复审案件的时候，阿尔弗雷德·德雷福斯得知，叛国的是埃斯特拉齐少校。皮卡尔中校越级揭发了他。1898 年 1 月，爱弥儿·左拉发表了一封标题为《我控诉》的公开信，指控参谋部和新闻界。为此，他不仅丢了荣誉勋章，还被定了罪。

为了捍卫个人自由，上千位科学界和文学界人士在公民请愿书上签字，如果仔细看看，就会发现其中有阿纳托尔·法郎士，还有一些名气没那么大的年轻人，如费尔南·格雷格、雅克·比才、达尼埃尔·阿莱维、罗贝尔·德·弗莱尔，还有马塞尔·普鲁斯特。这种全新的抗议方式表明"知识分子"和法国人权与公民权保卫联盟的诞生。众多联盟支持者们希望看到的不仅仅是公正和真理，还包括军队的信誉扫地。但是反对者中，有些人认为，尽管无罪，他也应该以保护军队的荣耀发声。最终，阿尔弗雷德·德雷福斯不再是阿尔弗雷德·德雷福斯了，无论是有罪还是清白，他都成了一个象征。直到 1906 年，德雷福斯恢复了名誉，晋升为营长，并被授予荣誉勋章。

但是 1895 年初，只有被告人的家人和第一时间站出来的少数支持者为他辩护。德雷福斯派这个词后来才被发明出来。一部分右翼人士希望借此事件和共和国决裂。激进的社会党反对派则希望推翻政府。政府支持军队，不想与之一起沉落。军队则坚持自己的立场。法国犹太人缄默不语，以避免被贴上袒护的标签。被告人大声疾呼自己是清白的，但他不明白问题根本不在那儿。从一开始，德雷福斯就是个象征，但他自己不知道。

像所有人一样，普鲁斯特也听说了这件事。真该做个聋子。母亲和他一直都有看报的习惯。他抨击反教权主义的同时，对《自由论坛报》读者中的反犹太教士们大加指责的一个人，又对此作何感想呢？他的母亲就是犹太人，尽管他不认为自己是犹太教徒，但在一些人眼里他已经超过了界限。普鲁斯特不喜欢将问题看得过于简单。他讨厌这个国家猖獗的排犹氛围和对犹太人的不宽容。但是已存在的任何事实都和有罪这个问题不矛盾。显然，控诉是基于没有交付给辩护方的那些文件。然而，普鲁斯特很可能早就怀疑了。在杜普莱家招待的一次晚宴上，可能就出现了预料德雷福斯是清白的阵线，当时参加晚宴的有普鲁斯特夫妇、莫里斯、杜普莱之子。让娜·普鲁斯特当时可能偷偷跟那个年轻人说，马塞尔·普鲁斯特认为"德雷福斯看上去不像有罪"。普鲁斯特可能产生了怀疑，但是他忙于自己的生活，远离了魔鬼岛。

一个音乐家走了还会再来一个。1894年春，普鲁斯特遇到了雷纳尔多·哈恩，这是个18岁的作曲家，出生在加拉加斯，但在法国受的教育。他是个神童，六岁的时候就在马蒂尔德公主家用钢琴演奏奥芬巴赫的曲目。两年后，他就能作曲了。他在艺术学院师从马斯内，既有才又帅气，雷纳尔多可有的是资本吸引普鲁斯特了。

23岁那年夏天，普鲁斯特在玛德莱娜·勒梅尔夫人的海维庸堡再次见到这个留着细细的胡须，棕色头发，敏感娇嫩的年轻人。他弹琴的样子多优雅，背部挺直，手指温柔又专横地在琴键上跳跃。在那儿的时候，普鲁斯特公然对勒梅尔夫人的女儿苏赛特表现出兴趣，但这对哈恩却是一种强烈的吸引。因为普鲁斯特将中篇小说《巴尔达萨雷·斯勒旺之死》献给了他，而不是苏赛特。

一个得了全身瘫痪的贵族音乐家结束了放荡的

一生，临死前他回想起童年的甜美时光，那时母亲将他拥入怀中，然后安顿他睡下，用手暖热他的双脚。他还想起母亲把他培养成伟大音乐家的梦想破灭，以及被解除的婚姻，只有她能给他安慰。用不了两秒钟，他就能唤醒生命里这些漫长的回忆。时间可长可短，对于时钟的指针，它可能很短促，但在我们的头脑里却可以被拉长到无限倍，反之亦然。正如映入眼帘的一个人，短暂的时刻有时会令我们念念不忘。在令他着迷的奥莉薇亚那公爵夫人"母亲般的"手前，他对她说："我钟爱您，明眼人都看得出来这感情不掺杂任何肉欲。您带给我的正是无与伦比的友谊、可口的茶、精彩的谈话，以及数不过来的新鲜玫瑰。"柏拉图爱情确实魔力很大，但苏赛特可能要失望了。

普鲁斯特和雷纳尔多在思想上惺惺相惜，对音乐也怀有同样的热情。受哈恩的启发，普鲁斯特创作了《布瓦尔和佩库歇的凡俗生活》第二部，依然戏仿福楼拜，但他的音乐素养可见一斑。不久，他和母亲前往特鲁维尔，并提议雷纳尔多在母亲离开后就去找他。普鲁斯特称雷纳尔多"我的小主人"，他再三请求，坚持让他在让娜离开后去安慰他。因为雷纳尔多迟迟不来，普鲁斯特保证给他安排一间面朝大海的房间，并补充道："请给我写信吧，不要把信塞到您的口袋里一星期还不给我，别让我等得太着急。"让娜走了，雷纳尔多并没有来，普鲁斯特失眠了。那段时间他写了《一个年轻女孩的忏悔》，献给孟德斯鸠，希望让他忘了这篇躺在抽屉里睡觉的著名篇章。

自杀未遂，女主人公的生命只剩下几天了。子弹没有取出来。她希望在欧不里公园死去，小时候她的夏天都是在那儿度过的。她想起母亲，晚上她来到床前拥吻她，后来不这样做了，为的是让她变坚强一点。懒惰和缺乏意志力令她沉湎于短暂的社交乐趣。这些"残酷的自责"，不被理解的招供，这些"罪行"难道不正影射了她的同性恋吗？她相信忏悔过后就可以痊愈了。她甚至在母亲的要求下就要结婚了，但是一场悲惨的晚宴毁了一切。未婚夫缺席了。在香槟酒的麻醉下，她被原来的情人雅克拖进了另一个房间。他热吻她，然而一想到母亲的灵魂在哭泣，她就感到无限悲伤。照镜子的时候，她觉得自己是一头野兽。这个时候母亲突然从窗前路过，当场发现他们。惊吓中，她仰面倒下，头卡在阳台铁栏杆之间，死了。

在挑选女主人公的时候，普鲁斯特关注她们的外貌但未能拯救她们。可能他希望光线更强烈一点，但是对于这样一个住在父母家的年轻人，他的冒险有点过头，因双亲都可以看他的文章，至少他的母亲可以。因此，作品不是作者生活的倒影，它远远高于生活，就像一个人的名声也能远远高于他自己一样。在都德家同雷纳尔多共进晚餐的时候，普鲁斯特对这些唯物主义者们失望透了，他们总认为，作品里渗透着作者的习惯，甚至细致到他喝的什么酒都会写进文章中。

《欢乐与时日》，普鲁斯特很喜欢这个撩人的题目。他的第一本书里汇集了诗歌、中篇小说、人物描写和仿效的作品，但是没有他酷爱的戏剧。他太想深入了解人的思想，无法停留在对话上。普鲁斯特差不多把所有文章都写出来了，有些甚至在他 14 岁的时候就成文了。另外一些，更新一点的，之前也都发表了。母亲、就寝、爱情和他的幻想、意志力缺乏、喜爱的风景、哮喘、焦虑、女同性恋、邪恶，所有这些主题都被他写进了小说。只剩下男同性恋没被写入了，普鲁斯特还没准备好。

玛德莱娜·勒梅尔为这本书作了插图。阿纳托尔·法郎士写了序言，尽管他觉得普鲁斯特是一个被肤浅的痛苦困扰着的颓废青年："我们年轻朋友的这本书也有一些疲倦的笑容和姿态，但它们不乏美丽与高贵。"这位资历颇深的大师提到一种"灵活、深刻、确实敏锐的智慧"，但他又补充道："温室环境……
博学的蕙兰……奇特病态的美……这里散发的正是颓
废的世纪末氛围……"

总之，所有人都开始谈论颓废派。很快，在《白
色评论》上发表的一篇题为《反晦涩》的文章中，普
鲁斯特反对马拉美和由纪德、瓦勒里还有克洛岱尔率
领的先锋青年。尽管他很尊重这位诗人，但普鲁斯特
还是站到阿纳托尔·法郎士这边，反对崇尚使用复杂
语言的象征主义。只有清楚的表达方式才能揭露被表
象锁住的真理。普鲁斯特支持法郎士，还因为他深受
某些议题的浸润：记忆、人的善变、认识其他人的困
难、某种悲观主义。但他已经和这位长者脱离了。他
书里的人物让普鲁斯特很失望。在他看来名著没那么
伟大了，他必须放弃曾经喜爱的作家，摆脱他们，总
之要遗忘他们。法郎士和其他作家必须在普鲁斯特的
头脑中死去，才能让他摆脱他们的控制，他的作品才
能给他们再存活的机会。

但是普鲁斯特离这高山仰止般的卓越还差得远。缠身的小诡计，恰恰毁了他自己的计划。为了在奥尔良家族中找到一位成员支持自己的书，搞得乱七八糟。玛德莱娜·勒梅尔很生气。他不是第一个请求她的吗？如果是为了让她早点画完插图，那他得知道她太讨厌被人催促了。普鲁斯特好像觉得状况还不够复杂，又想让卡亚维夫人帮忙。他对阿纳托尔·法郎士的女谋士吐露说，费尔南·格雷格不喜欢法郎士的最新小说。这背后一刀让格雷格大怒，他四处宣扬普鲁斯特是个叛徒。普鲁斯特后撤，在卡亚维夫人跟前为他的朋友费尔南辩护，令她摸不着头脑。几经努力，他终于把这个被自己搅得天翻地覆的小世界平息了。

年轻的普鲁斯特从今以后成了上流社会的重要人物，专栏记者们在晚会、演出和晚宴上都能见到他的身影。他和雷纳尔多被邀请去听音乐会。后者很仰慕马斯内和圣-桑，但不喜欢瓦格纳，普鲁斯特正相反。矛盾的是，雷纳尔多认为音乐中歌词的效果很简单，能表达出一些细微的差别。普鲁斯特则认为，音乐和其他艺术，尤其是文学，有着实质性的差别，能唤醒我们"灵魂深处的神秘……"戏剧方面，他很欣赏萨拉·伯恩哈特，和同伴去布列塔尼旅行的时候，他马上就去拜访了她。

　　雷纳尔多向他介绍了斯特恩夫人，她曾以玛利亚·斯塔尔的名字发表过一些小说，但并无野心，还有波利尼亚克公主和圣－马尔索夫人，她们都很有智慧，并且严守礼节。普鲁斯特面色苍白，喜欢将自己裹在好几层衣服里，看上去像一个瓷器古玩。谁也没料到，他总是那么积极地参与谈话，经常成为中心人物；他横溢的才华和令人捧腹的模仿逗乐了宾客。到达晚会现场时，衬衣的前胸有点坏了，让他无法笔直地挺起后背，扫一眼三五成群、正在交谈的来宾。他恨不得一下子跟所有人都搭上话，但必须得做出选择。他从一堆人或一个人那儿转身又跑到另一边，偷偷揣量谁的谈话更有意思，谁的行为更怪异，哪些人更有利用价值。没有一场晚会，他不是坐在最有名或身份最高贵的来宾身边的。他一边和女主人聊天，一边想着如何进入一个更加唯他独尊的沙龙。要是有新面孔出现，没搞清楚那人的名字之前他是不会离开的。随即，还会建立起种种假设，想象此人的到来会给这个圈子带来何种影响。

所有这些人终有一天会成为他的灵感来源。劳拉·海曼晚年的时候，会发现竟然有个叫奥黛特的姐妹是在她的影子里长大的，此人与她的惊人相似并不令她为之得意。贝格特身上有法郎士的影子。但也能看到勒南的踪迹，后者和普鲁斯特一样对历史、哲学感兴趣，同样有种怀疑表象的批判精神。但是这样的相似关系并不重要。"线索"太多了，相似之处太宽泛。这些人本身也将可能发生变化，不再是普鲁斯特如今认识的他们。每个人物里都有他的影子，他也不再是他自己了。

不是所有的作家都是沙龙的常客，这里经常更欢迎"学院"才俊。然而，费尔南·格雷格承认，上流社会的人际关系给他本人的文学生涯提供了很大支持。他的朋友普鲁斯特邀请他去他父母家与伯格森共进晚餐。之后又将他介绍给卡亚维夫人，她很欣赏他的诗句，也是《会饮》的首批订阅者之一。热奈维耶芙·斯特劳斯也在特鲁维尔家中接待了他。多亏他的儿子，费尔南遇见了雅克·贝涅尔，此人将他介绍给自己的母亲，莉蒂·欧博农的表妹。在劳拉·贝涅尔的家中，费尔南与埃雷迪亚、艾尔维接触密切。作家就是这样建立自己的人际关系。

保罗·瓦勒里用自己的口才吸引沙龙里的听众。斯特凡·马拉美周三要去参加卡蒂勒·孟戴斯的招待，周四去左拉家，周五去音乐家莱奥波德·道芬那边，周六去勒贡特·德·列尔家；他只能周二在位于罗马街上的自己家中招待宾客了。阿纳托尔·法郎士借卡亚维夫人的应酬广结人缘。亨利·德·雷尼埃认为社交活动占了太多时间，留给文学的空隙所剩无几。甚至连一向刻板的巴雷斯都坦白："如果想成功，如果远离巴黎，没有名气，没人庇护，唉……真希望在某个主任那儿成堆的吸墨纸里沉睡的短评、论著中得到哪怕只言片语的推荐词也好。"巴雷斯不也在《格雷科》的献词里拍了孟德斯鸠的马屁吗？

"献给罗贝尔·德·孟德斯鸠伯爵，献给诗人，献给众多客体和形象的塑造者，献给格雷科最早的卫道士之一，还有，某天终将找到自己的塑造者和卫道士的……他。"巴雷斯不知道，塑造者，或卫道士，就在他的眼皮底下。就是这个叫做普鲁斯特的"年轻人"。

几乎所有人都利用沙龙为自己谋利。但是赶时髦的，只有普鲁斯特！朋友们责备他浪费才华，其他人大部分看不出他有一丁点天赋。他不仅附庸风雅，还游手好闲。另外，他没发表任何有价值的东西。引用《效法基督》作为《一个年轻女孩的忏悔》的题铭太适合他了："欲望将我们带往四方，但是时光流逝，您收获了什么呢？"可能在模仿孟德斯鸠和法郎士方面他无懈可击，但是关于基督，那可是另外一回事了！和朋友们的比较无法改变。费尔南·格雷格已经发表了早期的一些诗歌，雅克·比才成了主宫医院的见习生。尽管他们都还没有取得成功，但事业已经开始起步。而与此同时，普鲁斯特还无所事事。

责备声不绝于耳。如果算算他所有的文章，包括晚会结束后他回去写的那些，普鲁斯特其实很努力。他也没有完全忽视学业，政治学取得的优秀评语以及他最终获得的法学学位可以为证。他不喜欢被人看成是野鸽子。参加政治学考试的时候，他给热奈维耶芙·斯特劳斯写了一封信，信中他试图摆脱这个坏名声："直到目前为止，我是被认可的，我希望明天依然是这样，并且向您证明，要是您觉得我很懒，或者以为我汲汲于名利，那就错了。我很勤奋。"

他还得摆脱父母一直希望他拥有的那该死的事业。然而，勤奋，甚至才华，对于一个想速战速决的人来说根本不够。必须要有可靠的支持，普鲁斯特知道如何获取它们。他邀请亨利·德·雷尼埃共赴晚宴，是因为他喜欢此人的作品，并且还为此做了一篇文章，但他也需要对方的支持才能发表。在父母家招待宾朋的时候，他公开来宾的名单，这些家喻户晓的名字会让他脸上有光。当自己将赴一场颇有名气的晚会时，他要提前一天告知别人。和他仰慕的那些响当当的古老姓氏不同，他的名字不为人知，也没有什么神秘色彩。在达到更高的层次之前，他不断重复自己的名字，以便让别人记住。普鲁斯特做不到让别人喜欢他，他必须让别人期待他的出现。

几年之后，普鲁斯特请求朋友们为他的小说《在斯万家那边》说些好话；他花钱买下报纸的新闻栏，让人写一些对他有利的书评。当出版商告诉他，记者们常用泄露内情，摘录和评论三种途径讨论一部书时，他立马求朋友们在这三个方向全线出击。为使《在少女们身旁》获得1919年的龚古尔奖，他又把他们召集起来，领头的是莱昂·都德和雷纳尔多·哈恩。他还回忆说，求人不如求己。获得龚古尔奖之后，他亲自写了一篇文章，让莱昂·都德转交给《闪电报》的主编。回过头来看，这篇文章阐述了他即将出版的《欢乐与时日》："如同自昨天起就预料的那样，龚古尔学院把奖项颁发给了马塞尔·普鲁斯特先生，这一大奖引得无数好奇与垂涎，有三十余位候选人参与角逐，他们都是极为优秀的作家。学院更偏向马塞尔·普鲁斯特先生，在某种程度上有意违反了龚古尔留下的旨在鼓励年轻作家的遗嘱。马塞尔·普鲁斯特先生47岁了。但是学院认为，他的耀眼才华足以让我们把年龄问题放到一旁。……需要补充的是，写出《追忆似水年华》（尽管有时人们会错误地理解，但这部作品绝不是一部自传作品，有些作家，比如亨利·詹姆斯和弗朗西斯·雅姆将它与巴尔扎克和塞万提斯的作品相提并论）的伟大小说家并不是初入文坛的新手。他从中学毕业的时候，就发表了《欢乐与时日》，阿纳托尔·法郎士认为这部作品"集合了道德败坏的贝尔纳丹·德·圣-皮埃尔和质朴的佩特罗纳。但是《追忆似水年华》展现的完全是另一种才气，更加强烈，同样风格的还有《什锦》的一卷，这卷书刚刚出版，有趣的巧合是，这部书里出现了对龚古尔兄弟相当不恭的戏仿……"

　　普鲁斯特葫芦里的药不过是让人觉得他在游荡。但他不是白日梦想家。他知道人际关系有多重要。这帮他摆脱军队的束缚，出版最早的那些文章，实现写作的计划。频繁地出入沙龙，除了带给他快乐，更是他的策略所在。然而并没有什么用。他惹了一身坏名声。原因是显而易见的。就像德雷福斯有罪，普鲁斯特是个业余爱好者那样真切，就是这样。他们为何如此严厉？因为普鲁斯特太喜欢沙龙了，并且他不掩饰这个喜好。稍微加重笔墨，他就把他们打回原形了。他们不会原谅他的。

1895 年 5 月的一段时间，疾病让他清净了几日。由于再次开始工作，他的病又发作了。同月，很可能是在父亲的催促下，马塞尔·普鲁斯特参加了马扎林图书馆无薪酬专员的招聘考试。不幸，被录取了。招聘三个人，他考了第三名，被分配到法律档案馆。他惊慌失措，试图以身体为借口，要求另外一个人取代他。管理员并非没有常识，他回复说如果普鲁斯特先生健康堪忧，就不应该报考。普鲁斯特威胁说要去找父亲的朋友，外交部长加布里埃尔·阿诺托。碍于情面，管理员马上给这位难以对付的职员许了两个月的假。年底，普鲁斯特又续了一年的假。两次假期连起来，实际上，他根本没去过马扎林图书馆，除了《欢乐与时日》出版之后，他在那儿露过一面，把样书送给"同事们"，还有就是每年十二月去那儿续假。几年后，在庞加莱的干预下，他的辞职申请终于获批。

马塞尔·普鲁斯特的消极抵抗终于获胜了。阿德里安·普鲁斯特放弃了让大儿子找一项事业的想法。与此同时，罗贝尔已经成功地进入医学界。小儿子的成功没有让阿德里安对马塞尔更加生气，反而是一种安慰。可能他回想起自己年轻的时候，也是这样想干什么就干什么吧。他的父亲在教区卖蜡烛，他希望阿德里安成为博斯地区的神甫。阿德里安可能并不知道，正是这样给马塞尔定下期限，几年间一直威胁他必须找到事业，才迫使儿子写得更好，比他自己随心创作写得还要好。

少年时期，有人问他，最能容忍什么样的错误，马塞尔·普鲁斯特回答："天才们的私生活。"尽管他那时还小，但可能已经预料到，将来某天，他会和这个答案有所关联。我们也得同情天才们的雇主、医生、经纪人、朋友、兄弟姐妹和父母亲，因为和普鲁斯特生活在一起并不容易。当他要求仆人们必须一分钟不差地给他做烟熏疗法的时候，或者他招待的晚宴总是复杂得无从下手时，让娜都得不厌其烦地为他讲道理。后来他自己也开始招待宾客了，不过是以父母的名义，而且还经常邀请他们出席。

受邀的都是一些朋友和作家。包括孟德斯鸠、亨利·德·雷尼埃、后来当了共和国总统的菲利·福尔的女儿们。还有若瑟·马里亚·德·埃雷迪亚和他的女儿，美丽的玛丽。戏仿法兰西学院，她的爱慕者们创办了美拉尼西亚学院。普鲁斯特是这个学院的终身秘书。玛丽爱慕皮埃尔·路易，但她的父亲把她嫁给了亨利·德·雷尼埃，因为此人能及时给埃雷迪亚一大笔钱还赌博欠下的债务。玛丽永远不会原谅丈夫的这笔交易，为了报复他，她恬不知耻地交了许多情人，数量多得让人头晕。

晚宴期间，普鲁斯特亲切而认真，他不停地变换位置，以便和每位来宾都有所交流。很快，他就把互不认识，或者互相讨厌的人请到一块，以此为乐。德雷福斯事件之后，一些变成死敌的人，比如莱昂·都德和阿纳托尔·法郎士，只有他在场的时候才会见面。

晚宴七点钟开始。誓不两立的敌人们来到马勒泽布大道。马塞尔·普鲁斯特迎接他们，但不会让他们一上来就看到对方。忙着接待其他客人的时候，他也不忘瞄上他们一眼。他们两眼冒火寻找对方的身影。像磁铁的两极一样，在敌意的驱使下互相吸引。但目前，他们还是避而不见。还没碰面，目光就都飘向别处了。普鲁斯特的母亲不知道儿子前一天晚上就跟他们每个人都长谈过了。她担心发生口角，深色的大眼睛望着丈夫，满心狐疑。他不该去管管吗？但是该怎么做呢？本来想避免惹是生非，一掺和可能就坏事了。马塞尔·普鲁斯特让他们共处一室确实太难了。这时，他们那个麻烦精儿子上场了。他要点燃夹在两个火药桶之间的那根线吗？不。他在他们身边溜来溜去，体贴地照顾他们，让他们觉得在这样优雅的饭局上不能争吵。父亲说得对，马塞尔本该去当外交家的。

尽管这些人从普鲁斯特家中出来不会想要第二天去决斗，但几乎每次晚宴都是马塞尔·普鲁斯特和父母之间的一场悲剧。他看过父亲如何跟那些人交往，并从中获得借鉴。但是模仿最终导致竞争。按他的说法，母亲总是优先照顾父亲和弟弟的招待，而他的晚宴也同样重要。让娜觉得这样说很不公平。和马塞尔相反，她不喜欢"上流社会"。她强撑着帮丈夫和儿子们招待宾朋，这对她来说是一种任务，而不是乐趣。不管怎样，马塞尔对那些晚宴永远都不满意。他的一个朋友向阿德里安·普鲁斯特问了一个不合时宜的问题——"不应该别那么护着马塞尔吗？"——然后宴会扫兴结束。第二天一大早，让娜就在早餐托盘上发现了马塞尔写给她的一封长信，信里对她大加指责。让娜一提高嗓门说话，他要么哭泣要么生气。他说自己被琐事弄得筋疲力尽，很遗憾她总是批评他的生活方式，而当他不顺的时候她不应该对他好些吗？尽管他们生活在一起，他还是用写信的方式跟她说话。普鲁斯特越是和谁亲近，就越有东西写给谁。

幸而，他总是会回到她身边，告诉她能够拥有她是多幸福的一件事，他的甜言蜜语里充满了炽热的爱，这让她既开心，又有点为他担心。有一天，他给她写信："我亲爱的小妈妈，我睡不着，给你写几句话，告诉你我想你了。我真希望和你同时起床，把我的牛奶咖啡端到你身边。能够在同一段时间里睡去、醒来，对我来说应该，将是那么美妙的事情。"

阿德里安经常不在家，即使在家里，让娜和他也没多少话可说。除了自己的职业，普鲁斯特医生对别的事情兴趣不大；文学和音乐都吸引不了他。他谈论的话题都枯燥无味。当然可以说一说天气，让娜自认为应该仰慕他在这方面的本事，但是也不能每天都说下雨和晴天这档子事吧。而罗贝尔成天忙着学习、运动，跟年轻姑娘们约会，几乎没有时间待在家里。要是没有马塞尔·普鲁斯特，让娜一个人待在昏暗的大房子里，周围都是红黑色调的家具，肯定很孤独。于是，每天早上，她让她的"小狼崽"睡在儿童房里。马塞尔吃过午饭后才穿衣服。晚上不出门的话，他就在堆满本子的餐桌上学习，靠着炉火，母亲在旁边的扶手椅里打盹儿。要是哮喘病发作，他整夜都无法入睡，让娜担惊受怕。他将永远离不开她。

普鲁斯特拿到了文学学士学位。《欢乐与时日》还没完成。《画家的肖像》被编入在内："凡·戴克，优雅的王子，在所有即将逝去的美好生命中，你赢了。"多亏了雷纳尔多，这部作品又添加了《音乐家的肖像》，但玛德莱娜·勒梅尔绘制的插图还没好，普鲁斯特又增加了别的东西。他总是精心雕琢他的作品，即便那样会有完不成或者推迟出版的风险。《嫉妒的终结》

应该是最后被放进这部书里的中篇小说。嫉妒让人对有和我们自己本身一样特质的人心生怀疑。

在爱情方面，和在文学上一样，他满腔热情，之后又变得冷淡。1896 年他突然和雷纳尔多绝交。为爱情着迷的时刻似乎早已远去："我想主宰您在世上想要的一切，这样就可以把它们带给您了。"为了能接受这样一场不可避免的分离，普鲁斯特提出先暂时疏远一下。就像服兵役的时候，和母亲短暂地离别一样。普鲁斯特和雷纳尔多先分开一周不见面，然后分开两周，最后再也不见。但他最终放弃了这样难以忍受的想法。他和朋友们约定的真话协议也被中断了。普鲁斯特给雷纳尔多写信说，他不那么爱他了，但是他，雷纳尔多，却一点也不爱他了。爱情总是跟不上节奏；不爱了才明白其实自己曾被爱过。尽管已经分开，但普鲁斯特还是好奇后面会发生什么，他要求朋友当他的"囚犯"，什么都要告诉他。雷纳尔多拒绝了，《欢乐与时日》

出版后，他们就彻底分手了。他们从恋人变成朋友，就像之前和雅克·比才一样。

　　普鲁斯特看上吕西安·都德以后，轻易就忘掉雷纳尔多了。阿尔封斯的儿子是个优雅纤瘦的年轻人，脸部线条棱角分明，还有一双普鲁斯特喜欢的栗色大眼睛。吕西安比他小七岁。他出身上流社会，受过良好的教育，是个艺术家，但不认真作画，他意志薄弱，活在父亲名声的影子下。好友两人幽默感一样；如果有人不幸当着他们的面说些陈词滥调，这样的"斜视者"就会遭到他们的穷追猛打。"碧海"①"不列颠"或者随便一句"拜拜"都会让他们歇斯底里地大笑。孟德斯鸠一点也不喜欢被他们埋伏和取笑。

　　普鲁斯特的父母反对他们交往，要是读了他写给吕西安的信，他们肯定会惊恐不安："我的小宝贝，真想看看你跟我说的小鬼脸，给你一些小惩罚来纠正

---

① 原文"grande bleue"为俗语，指的是地中海，孟德斯鸠没有选择一般的说法，而采用俗语，从而引发笑料。——译者注

你。"发现儿子和罗贝尔·德·弗莱尔还有吕西安的一张会使名誉受到影响的合影时，他们十分震惊。照片上，普鲁斯特端坐着，面带微笑，胡子异常浓密，他笑得很狡黠，似乎知道这张照片将会引起什么样的骚动。罗贝尔站在他身后，看着镜头；旁边的吕西安也站立着，一只手好色地放在普鲁斯特肩上，另一只像女人的手一样优雅地放在自己胸前，头微微前倾，看着普鲁斯特，目光里尽是爱慕和沉思。普鲁斯特的父母要求销毁这些照片。这样的坚持毫无用处，他们的儿子才不会将自己的习性公开。比起和雅克·比才那桩事，普鲁斯特这一次解决地更娴熟；他保留了三封书信，剩下的交给了母亲。

这件事很像他在《让·桑德伊》中给主人公和他父母之间安排的情节。让和他如此相像，他不知道能否把这本书称为"小说"。主人公疏远的弗朗索瓦兹可能就是雷纳尔多，而他转身遇见的夏洛特则很像吕西安。关于这个新的人物设置，他曾经对雷纳尔多吐露过："我希望您一直都在，但是要以乔装的神的形象出现，让凡人认不出来。"当时他在读歌德的《威廉·麦斯特》，这本书讲的就是一个不得不离开父母去寻找自己志向的年轻人。

《欢乐与时日》出版时，普鲁斯特 25 岁。这本书出版得正是时候，表明他有了当作家的志向。不幸的是，成功没有如期而至。有人说，这就是一个渴望名利的业余爱好者，把躺在抽屉里风马牛不相及的作品拼凑成的文集。听听这些人物的名字呦！您听过多少叫巴尔达萨雷和维奥特朗的？还有那个把头卡在阳台栏杆里的女人，太滑稽了！甚至朋友们都认为这本拥有众多支持者的书少了些真诚。他们责怪他不该把这本书献给威利·希斯，毕竟普鲁斯特跟这个英年早逝的英国人并不熟。因为害怕他们的反应，他在题辞最后希望每个人都能明白，"生者，不论多么伟大或尊贵，只能在死后得到尊敬"。但是他们不懂，反而这个英国朋友的桥段显得附庸风雅。在他们看来，普鲁斯特背叛了文学，并上演了一出小皮影戏嘲笑他。代表普鲁斯特的那个角色说，《阿歇特历法》比他的书内容更丰富，价格更便宜。要是上高中那会儿，普鲁斯特准会一封接一封地给他们写信。但这一次，他没说什么，还感到羞辱，但也学会提防别人，从今小心谨慎，不再坦白自己的性取向。他更希望投入《让·桑德伊》的创作，对马上着手翻译的约翰·罗斯金进行艺术评论。

也不全怪朋友们，他的文笔趋势有点矫揉造作。尤其在处理时间、遗忘或嫉妒这样的主题时，普鲁斯特很不成熟。想让这些没有情节的小说变得有力不容易。但他已经显露出自己的幽默感了："她兴奋不已，好像第二天要去游园会或者参加革命，因为信仰上帝，她手舞足蹈的样子好像在驱散激进主义或坏天气。"还有一首诗："凡尔赛，这锈迹斑斑而温柔的名字……""他们的生命十分美妙，就像散开的秀发的甜美香气。"普鲁斯特的重要主题是："对于爱的人来说，缺席难道不是最确定的、最有效的、最富有生命力的、最不可摧毁的、最忠诚的存在吗？"阿尔伯蒂，《追忆似水年华》叙述者的挚爱，还没有诞生，但她已经被构想出来了。"确实，如果我们的灵魂宽广一点，在一个特定的角度，未来的时刻一旦变成当下，就失去了魅力，我们会将它远远抛在身后，让它留在记忆的漫长路途中。"真正的生活不是我们正在经历的，而是很久之后，我们在回忆里回味的时光。在白日梦里，在欲望里："野心比荣耀更令人陶醉；欲望之花盛开，一切都在控制欲面前黯然失色；最好对生活怀有梦想，而不是经历它……"爱情和其他方面一样，欲望总是海市蜃楼。欲望一旦实现就会消失，将我们满怀期待的那种幸福感一并带走。

　　普鲁斯特作品里的人物都缺乏意志力，沉湎于回忆，被罪恶困住手脚，成为爱情幻想中的受害者。他本人的命运也是如此无益吗，还是他有了足够的灵感创作一部名著呢?

没那么糟糕的评论界回答了这个问题。一些人赞赏这个"思想新颖"的作者具有独创性,现代性和"观察能力"。然而,与普鲁斯特很少来往的莱昂·布鲁姆,在孔多塞中学和《会饮》杂志的老同窗,觉得"在贵妇们和年轻人中间风靡的"这本"好书"似乎太娇情了。普鲁斯特不怎么喜欢布鲁姆,甚至在给费尔南·格雷格写信的时候,称他为"我不认识的先生",信中他认为布鲁姆的某篇文章太糟糕了,不应该在《会饮》上出版。但布鲁姆并不记仇,因为他补充说:"我焦急而又平静地期待他下一部书。"查尔斯·莫拉斯则坦率地表达对他的崇拜:"新一代必须学会信任这个年轻作家。"确实,年轻的莫拉斯希望自己的事业得到卡亚维夫人的帮助。但,下不为例。布鲁姆和莫拉斯一致认为:"年轻的普鲁斯特前途无量。"

最猛烈的攻击来自让·洛兰。这位评论家认为,普鲁斯特属于那些"上流社会里文学修养不佳，但游刃于沙龙的漂亮年轻人"，只不过是阿纳托尔·法郎士好心才赏给他一篇序言而已。过了几个月，洛兰再次对他发起攻击。在《日报》上，他打赌说，阿尔封斯·都德之所以给普鲁斯特的下一本书作序，"是因为他抵不过儿子吕西安的要求"。对于一个本身也属于上流社会的同性恋来说，他得有多恼怒啊。洛兰可能试图挽回自己的声誉。除非他不过是把这个年轻人当替罪羊，实际上瞄准的却是他讨厌的孟德斯鸠吧。不管怎样，普鲁斯特觉得这是在影射他和吕西安的关系，要求他赔礼道歉。他们去默东森林解决这件事。除非是决一死战，此类冲突很少会导致伤亡，尤其使用的武器是手枪，而不是剑，要是后者，直到见血战斗才会叫停。但总会有意外发生。自从服了兵役，普鲁斯特就知道自己枪法很不准。但是洛兰技术怎样呢？要是其中一个人本来想躲开，但笨手笨脚地反而射伤对方呢？要是普鲁斯特死了，那自知的内心生活就会跟他一并消失，因为那时候他还没有一部书留名身后呢。幸好，谁也没受伤。普鲁斯特显示出"和他的神经质不相容的冷静和坚定"。第二天，祝贺信纷纷涌向马勒泽布大道。

普鲁斯特想要证明，他可以翻身变得勇敢。对于一个神经衰弱、健康堪忧的年轻人来说，身体上的勇敢已经很不错了。若干年后，当他耗尽体力创作的时候，他还会经历更加严酷的考验。但是思想上的勇敢也让他独树一帜，他终于攻破了卑躬屈膝的沙龙常客形象。

普鲁斯特对独断论的过敏更甚于对花粉的过敏。这不是无关紧要的小事。在政治方面，他摒弃一切极端主义，就像几年前他站在共和党多数派，反对布朗热主义一样。他是个老练的保守党，讨厌"心满意足的资产阶级庸俗思想"和"领导阶级"思想。千万别指望他喊狼来了。他甚至在《会饮》上发表了一篇文章，无不惋惜地说，国家无宗教取代了国家宗教，但依然存在"盲目崇拜、不宽容和迫害"。不久之后，在抨击反教权主义时，他顺带斥责了某些排犹的神甫。他爱国，但不是民族主义者，他支持德雷福斯，但不是一个反军国主义者。

1897 年 10 月，他可能是在热奈维耶芙·斯特劳斯的聚会上得知德雷福斯是无罪的。并自称是"德雷福斯派第一人"，只因他请了阿纳托尔·法郎士在请愿书上签了字，声援左拉。朋友格雷格和阿莱维声称也这样做了。可能是因为对阿纳托尔·法郎士怀有同样的尊敬，在吹牛这方面，他们如出一辙。事实上，自 1898 年起，普鲁斯特就十分热衷于左拉的诉讼案，他用自己的方式，为德雷福斯及其支持者们辩护。

在这个事件中，皮卡尔中校才是真正的英雄。为了揭露真相，他差点丢了生命和自由。在狱中，他收到来自某位仰慕者的一本书：《欢乐与时日》。如果这个仰慕者不是书的作者本人的话，对于一个蹲在监狱里的人来说，这样刺眼的书名几乎就是个黑色幽默。普鲁斯特没有玩恶作剧，并由衷地认为，这本书会鼓舞狱中军官的精神，他曾在某位出版商举办的晚会上见过这位军官，要是普鲁斯特知道他认识达尔吕先生的话，将更加尊重此人。

为支持皮卡尔，他东奔西走征集名流的签字，尽管他的努力并不总是能有回报。他小心翼翼地给斯特劳斯夫人写信，求她帮忙获取支持："……我答应法郎士先生就奥松维尔伯爵的事找您帮忙，您大可以对这位先生说这是法郎士写的信。地址的措辞故意被写的不明确，这样就不会给德雷福斯事件的签名人带来任何麻烦。奥松维尔先生那么热忱、思想那么高尚，可能不会拒绝您。"大错特错！奥松维尔加入了"法兰西祖国"同盟，从今以后他用德语喊这位女性朋友的名字，热奈维耶芙·希特劳斯。

当普鲁斯特发现，刊登请愿书的报社忘了把他的名字也放进签名者中间时，他给报社社长写信说：

"我知道我的名字在这个名单里没有分量。但是能在这个名单里出现会给我带来荣耀……我认为，向皮卡尔致敬，就是向军队致敬，他代表了军队崇高的牺牲精神，他的目的超越了个人利益。"对于普鲁斯特而言，军队除了讲出真相，再没有更好的办法挽回荣誉了。

混迹于上流社会小心谨慎的处事风格一点也没妨碍他的优点。总之，普鲁斯特就是普鲁斯特。不能期待他在大街上挥动拳头。他是自然而然成为德雷福斯派的吗？

虽然母亲是犹太人，但父亲是反德雷福斯派的。当得知普鲁斯特兄弟俩都在请愿书上签了名，他一星期都没跟他们说话，对让娜支持儿子的行为也失望透顶。这个事件的阵营划到了普通家庭的内部。不管怎样，让娜是犹太人这个事实，给他们支持德雷福斯造成了障碍。如果不是犹太人，就不大会被贴上偏袒的标签。不是因为母亲是犹太人，他才支持德雷福斯的，跟这个原因无关。诚然，在孔多塞中学的朋友们，以及他经常接触的文学界和资产阶级沙龙，很多都支持德雷福斯。但大部分贵族沙龙仍是反对派。普鲁斯特努力攻下的一大片关系都有崩塌的可能。积极介入这个事件的态度使他离上流社会的人越来越远，但他需要那些人的支持。假如普鲁斯特更谨慎一点，别那么勇敢投入，可能就像其他很多人那样迂回前进了。

事件结束，普鲁斯特为德雷福斯和皮卡尔感到高兴，但他并没有和都德以及其他反对德雷福斯的人，至少没有和那些没给他吃闭门羹的人反目。他知道，随着时间的推移，论战终将平息。当人们站在死神门槛前的时候，这些争议都不值一提。没什么能够长久。再高的社会地位终有一天也会终结。孟德斯鸠的脾气会像浸在咖啡里的饼干一样变软，斯特劳斯夫人的智慧会黯淡，劳尔·海曼的美丽也会褪色。其他人如，沙吕男爵、盖尔芒特公爵夫人、奥黛特·德·克雷西，都会面临同样的命运。最多疑的人早早地就知道这些事，其他人则要等到最后才恍然大悟。纳德死后，他给母亲写信："当我们明白……一切都结束的时候，再为痛苦而悲伤，或者为什么都不会留下的事业献身，还有什么意义呢？人们只能更加理解穆斯林宣称的宿命论了。"和所有伟大的梦想家一样，普鲁斯特有着常人无可比拟的透彻。

1896 年 5 月，当人们还不知道德雷福斯无罪这个真相，正在为之奔波的时候，路易舅舅去世了。几个星期之后，纳德也离世了。外祖父临终的那几日，马塞尔·普鲁斯特陪他一起度过，也是为了陪伴让娜。阿黛尔、路易、纳德，长辈们都走了。他们的离世预示着另外一些人也会离开，普鲁斯特已经感觉到将来母亲去世时的彻骨痛苦。

秋天，他和吕西安的弟弟莱昂·都德在枫丹白露暂住一段时间。他泪如雨下，被幽禁在一间充满敌意的房间里，因为他不熟悉这个地方。他从来没有这样思念过母亲，他们一天写一到两封信。和让娜通电话的时候，他感到了在那之前从未有过的不安。他没有听进去她说了什么，只听见她那被突如其来的永别打碎了的脱离躯壳的声音。马塞尔·普鲁斯特为母亲感到悲伤，让娜试着安慰儿子，但没人能安慰得了他。

奥德耶的房子要被卖掉了。它会被拆除。人们会在它原来的位置盖上楼房。莫扎特街会把这个街区分成两半。不久之后，再也不会有谁记得这里以前是什么样子。

普鲁斯特快 26 岁了。他的作品还没问世。将来会出现一批"信徒"吗，一批信奉马塞尔·普鲁斯特的"教友"吗？可能会吧。或者这部书永远不会出现。他永远都只是个谈吐非凡的、迷人的、有教养的年轻人，是他那一代人里最有文学修养的一位。再往后，如果捱得过哮喘病，他可能是个更有学问的老先生，除非是早早地死在某场决斗里。一切都有可能。

这几年很充实。普鲁斯特把这个对他敞开大门的"上流社会"细细地研究了一番。他更清楚自己是同性恋了。《欢乐与时日》出版，他的事业变成了一段糟糕的回忆。要是有意志力的话，他肯定都放到写作上了。从今往后，《让·桑德伊》就是他的希望。普鲁斯特更希望说的是晚上入睡前他的不安，让他恢复平静的母亲的吻，在学校度过的那几年，在乡下度过的复活节假期，让爱慕的玛丽·考斯彻夫，某位哲学教授，驻军生活，选择职业的必要性，在贝格－梅伊同朋友亨利·德·雷维勇度过的假期，上流社会的生活，让厨娘们哭泣的性虐狂欧内斯廷，某位作家，让和母亲通电话的场景，德雷福斯事件。但是这些给他灵感的事情都新鲜得像帝国贵族一样。他们的根须太柔软，扎得太浅。必须留点时间遗忘它们，之后再翻出来，那时它们将更加美丽鲜活。让提出"一个作家的生活与其作品之间、现实和艺术之间，生活的表象与现实本身之间的神秘联系，也即那必要的变形是什么……艺术抽离出了现实，而现实又作为表象永久的背景。"他太年轻了，还回答不了这个问题。同时又被困在当下，历经痛苦，等待展翅高飞的那一刻。

普鲁斯特认为，只有完成某些事情，生命才算有价值。在《欢乐与时日》里，他献上了对疾病的礼赞："这是一种暂停生活的温柔，是真正的'上帝的休战'，它打断工作、邪恶的欲望……"当过一种值得过的生活越来越难时，这种休息就显得尤为必要："我们对生活有那么多承诺，在某一刻，因为无法信守所有的诺言，我们泄气，转向坟墓，呼唤死亡，让死亡解救那些无法完成的命数。但是，即使死亡能让我们摆脱曾经对生活的诺言，它也无法把我们从对自己的承诺中解救出来，这些诺言中的第一条就是为实现价值、不虚此行而活。"在"欢乐"背后高耸的是"工作"。普鲁斯特一条一条地追忆。

为了把他在自己的方舟上看到的世界原封不动地展现出来，普鲁斯特必须到内心最深处寻找。达尔吕的课程对他来说很珍贵。他所发现的真理，因为是亲身经历，显得更加普遍。它们也帮助他接受自己原本的样子。还需要一些时间。但时间过得越久，真理就埋得越深。这让他有点害怕。

1897 年 5 月的一个晚上，普鲁斯特在马勒泽布大道招待晚宴，第二天早上，《高卢人报》对此进行了报道。受邀的有雷纳尔多和加斯顿、阿纳托尔·法郎士、路易·德·蒂雷纳伯爵，一些沙龙常客，一些来自圣－日耳曼郊区的人。还有击剑大师居斯塔夫·德·博尔达，人称"一剑博尔达"，画家让·贝劳德，他和让·洛兰决斗时的目击者们。这顿晚宴只有男性参加，所有人都讲英语。普鲁斯特的母亲没有参加，她还沉浸在路易和纳德离世的哀伤之中。普鲁斯特的父亲则把场子交给了儿子。罗贝尔和孟德斯鸠——他与后者和解的次数已经数不胜数——对他的《欢乐与时日》大加称赞，还很押韵："我顺便向我们年轻朋友的第一部出色著作表达敬意……"普鲁斯特笑着回答"我将永存！"时，都不知道自己说得有多正确。

后　记

1899年，因为没能给《让·桑德伊》找到合适的形式，普鲁斯特放弃了这本书。那时他已经有了另一个计划。他想把英国艺术评论家约翰·罗斯金的《亚眠圣经》翻译成法语，这本书讲述的是亚眠大教堂的建筑和雕塑艺术。实际上，普鲁斯特不讲英语，但他理解罗斯金的思想。他的母亲会说英语，她翻些文字，然后普鲁斯特再根据译文重新创作。让娜很高兴能给儿子帮忙，这项工作对他而言是一种学习。普鲁斯特相信这样的经历能帮他树立自己的风格，助他走上创作之路。1904年出版的这本著作不仅仅是一本译著。

他在罗斯金原版的基础上增加了序言和一些注解。普鲁斯特一直在寻找的东西终于开始显露端倪。他又一鼓作气地翻译了此人的《芝麻与百合》。在漂亮的长篇序言里，他反驳罗斯金所说的阅读就是精神生活的观点，认为那只不过是打开精神生活的大门而已。人们是通过审视自身，而非通过他人的思想获得真理。普鲁斯特准备好摆脱大师们的束缚了。

他的父母在很短的时间内相继过世。1903 年，阿德里安·普鲁斯特正在工作的时候，突发脑溢血去世。让娜还没从母亲的离世恢复过来，剩下的日子都在服丧。现在，又要祭拜自己的丈夫了。两年后，她患尿毒症去世，她的母亲十五年前也是得这个病去世的。去世前不久，她曾经向照顾她的修女吐露，在自己的眼里，马塞尔·普鲁斯特永远只有四岁。

他现在 34 岁了。经受了巨大的不幸，独自待在库塞尔街上的大房子里，写完了《芝麻与百合》。年末，他搬进了位于奥斯曼大道上，乔治叔叔以前住的房子里。

他再也无法享受父母的爱了，也不能给他们读他的书了。他想写一部小说，书名叫《索多姆和戈摩尔》。后来他也想过《往日的钟乳石》《帕蒂娜的映像》《往日来客》以及其他的名字，但最终确定把"失去的时光"和"重现的时光"放在题目里：《追忆似水年华》。

普鲁斯特很少出门了，绝大部分时间都在家中度过。他躺在床上写作，一刻不停地补充他的文本。他不再像父母在世时那样招待晚宴。去卡布尔度假，或者去巴黎，都是为了补全小说的资料。在不改变初衷的情况下，他还加入其他计划。他把自己的文章和专栏汇集起来，出版了《拼接》。在这本书里，他模仿巴尔扎克、福楼拜和勒南等作家，围绕同一个主题——勒穆瓦纳事件，讲述了一个声称会制作钻石的骗子的故事。他开始写关于圣伯夫的评论，把它按照小说的样子写，遭到了出版商们的反对。

最近几年，出现了一些新朋友：安托万·比贝斯科，贝特朗·德·费奈隆，吉什公爵，加布里埃尔·德·拉罗什富科，拉齐维尔王子，弗朗西斯·德·克鲁瓦塞，阿尔布费拉侯爵，后者和演员路易莎·德·拉切尔的私通带给他灵感，创作了圣 - 卢和拉切尔。后来又迎来了保罗·毛杭和苏邹公主时代，普鲁斯特曾假装追求过这位公主。目前，普鲁斯特迷恋的是阿尔弗雷德·阿格斯蒂内利，一个出租车司机，普鲁斯特让他做了自己的秘书，并在家中招待过他和他的女伴。

1912—1913 年，普鲁斯特拼命地找人出版《追忆似水年华》的第一卷书《在斯万家那边》。好几家出版社都拒绝出版，其中就有纪德的《新法兰西评论》，最终他说服贝尔纳·格拉塞出版。为了保证独立，并且不在商谈上浪费时间，他提出自己承担出版费用。

1914 年，阿尔弗雷德·阿格斯蒂内利在一次飞行事故中丧生。普鲁斯特既悲伤又有种犯罪感。要是他没买飞行员执照和飞机的话，阿尔弗雷德可能就死不了。身体状况让他免于入伍，他开始创作《女逃亡者》。"一战"推迟了作品的出版时间；他趁这段时间不断往里加东西，小说变得越来越庞大。1913 年年底，照顾普鲁斯特的塞莱斯特·阿尔巴雷小心翼翼地帮助并保护着这个怪人。

普鲁斯特拗不过懊悔不迭的纪德。他抛弃了格拉塞，转而和伽利玛出版社合作。1919 年，这家出版社重新出版了《在斯万家那边》，还出版了《在少女们身旁》。终于成功了。《欢乐与时日》已经时隔太久。《在少女们身旁》打败了罗朗·多热莱斯的《木十字架》，获得了 1919 年的龚古尔奖。普鲁斯特为了这场战役投入了所有的努力：他的才华、勤奋和朋友。战胜德国仅仅一年之后，就打败这样一位"大战作家"，赢得漂亮。尤其是躲在战线后方，在冲突爆发的时候，他还批判过盲目沙文主义，并且为瓦格纳辩护过。第二年，马塞尔·普鲁斯特被授予荣誉勋章，无比高兴，努力得到了回报，他想起了父亲。

普鲁斯特写作的时候很疯狂。每天，更确切地说是每个夜晚都在写。最终，他获胜了，在手稿上写下"完"，但依然继续创作。1922年9月，他的身体每况愈下，支气管炎转成肺炎。11月17日夜里，他还在写贝格特死去的段落。第二天下午，马塞尔·普鲁斯特永远闭上了眼睛，而最近几年以来，他都是在这个时候，才刚刚睁开眼睛开始新的"一天"。

年　表

1834 年
阿德里安·普鲁斯特在伊利耶尔出生，父亲弗朗索瓦·普鲁斯特，食品杂货店店主，母亲维尔吉妮·托尔谢。

1849 年
让娜·韦伊在巴黎出生，父亲纳德·韦伊，金融家，母亲阿黛尔·伯恩卡斯特。

1855 年
马塞尔·普鲁斯特的祖父弗朗索瓦·普鲁斯特去世。

1870 年
阿德里安·普鲁斯特和让娜·韦伊结婚。

1871 年

7 月 10 日，马塞尔·普鲁斯特在奥德耶出生。

1873 年

5 月 24 日，马塞尔·普鲁斯特的弟弟，罗贝尔·普鲁斯特出生。

8 月，普鲁斯特一家搬到巴黎马勒泽布大道 9 号。马塞尔·普鲁斯特在那儿度过青年时期。

1879 年

阿德里安·普鲁斯特医生进入医学科学院。

1881 年

某次散步之后，哮喘急性发作。

1882 年

进入丰塔内中学五年级①就读，次年学校更名为孔多塞中学。

---

① 即法国初中最低年级，按照当时的教育制度，法国中学生依次读完五四三二一年级后按照文理科分班，文科生再读修辞班一年，哲学班一年。——译者注

1885 年

阿德里安·普鲁斯特医生被任命为医学院卫生学教授。

马塞尔·普鲁斯特升入二年级。

1886 年

第一份"问卷"。马塞尔·普鲁斯特深爱或者仰慕：
他的母亲，苏格拉底，伯里克利，穆罕默德，缪塞，
小普林，奥古斯丁·梯也里，梅索尼埃，莫扎特。

为继承父亲的妹妹——阿米奥姑姑的遗产，最后一次
在伊利耶尔度假。

二年级留级。

1887 年

10 月，学习修辞学。

1888 年

10 月，学习哲学，毕业会考前，高中最后一年。在孔
多塞中学创办《绿色评论》和《丁香评论》。

1889 年

3 月，马塞尔·普鲁斯特的祖母维尔吉妮·普鲁斯特去世。

10 月，中学毕业会考及格。

11 月，开始在奥尔良服兵役。

1890 年

1 月，马塞尔·普鲁斯特的外祖母阿黛尔·韦伊去世。

11 月，去巴黎政治自由学堂法律系报道。开始和《月刊》合作。

1891 年

更加频繁地出入沙龙。

9—10 月，在卡布尔和特鲁维尔度假。

1892 年

3 月，《会饮》第一期。

第二份"问卷"。除了母亲这个不变的答案，马塞尔·普鲁斯特的"万神殿"里面目全新：祖母，阿纳托尔·法郎士，皮埃尔·洛蒂，波德莱尔，阿尔弗雷德·德·维尼，哈姆雷特，贝蕾妮丝，贝多芬，瓦格纳，舒曼，莱奥纳德·达·芬奇，伦勃朗，达尔吕先生，布特鲁先生，克利奥帕特拉。

7 月，雅克–埃米尔·布朗什为马塞尔·普鲁斯特作肖像画。

1893 年

2 月，在《会饮》上发表《维奥特朗或俗世浮华》(这部小说后被收入《欢乐与时日》)。

4 月，遇见罗贝尔·德·孟德斯鸠，《追忆》中沙吕男爵的原型之一。

9 月，在《白色评论》发表中篇小说《布雷维斯夫人忧伤的假期》（后收入《欢乐与时日》）。

10 月，威利·希斯去世。获得法学学士学位。

8 月，经格朗让先生调解，开始攻读文学学士。

12 月，在《白色评论》发表中篇小说《入夜之前》。

○ 1894 年

4 月，在《吟游诗人》上发表《谎言》，是马塞尔·普鲁斯特根据莱昂·德拉福斯的音乐创作的诗歌。

5 月，遇见雷纳尔多·哈恩。孟德斯鸠在凡尔赛举办庆典。在《高卢人报》上发表《凡尔赛文学庆典》。

8 月，在勒梅尔夫人家再次见到雷纳尔多·哈恩。

9 月，在特鲁维尔黑石旅馆度假。

编写《一个年轻女孩的忏悔》（这本中篇小说后被收入《欢乐与时日》）。

12 月，阿尔弗雷德·德拉福斯被指控。

○ 1895 年

1—2 月，阿尔弗雷德·德雷福斯被降级流放。

3 月，获得（哲学）文学学士学位。

6 月，在马扎林图书馆开始一项"实用"但短暂的事业。在《高卢人报》发表《画家的肖像》。

7 月，到德国度假。

8—9 月，和雷纳尔多·哈恩到迪耶普和贝格－梅耶度假。遇到画家哈里森——《追忆》中埃尔斯蒂尔的原型之一。

10 月，在《周刊》上发表中篇小说《巴尔达萨雷·斯勒旺之死》（后被收入《欢乐与时日》）。

开始编写《让·桑德伊》。

1896 年

3 月，在《当代生活和巴黎杂志合集》上发表《无关紧要》。

5 月，舅公路易·韦伊去世。

6 月，卡尔曼·列维出版《欢乐与时日》。外祖父纳德·韦伊去世。

7 月，在《白色评论》上发表《反晦涩》。

10 月，和莱昂·都德在枫丹白露小住。

1897 年

2 月，因为某篇文章被认为具有侮辱性，和评论家让·洛兰决斗。

研究艺术批评家罗斯金的作品。

1898 年

1 月，爱弥儿·左拉发表《我控诉》。

2 月，左拉被指控。马塞尔·普鲁斯特出席案件的审理，并在《让·桑德伊》中加以描述。发表请愿书。

7 月，母亲接受外科手术治疗，普鲁斯特感到十分不安。

10 月，去阿姆斯特丹参观伦勃朗画展。

1899 年

放弃《让·桑德伊》（该小说于 1952 年出版）。研究罗斯金和中世纪艺术。

9 月，撤销原判后，德雷福斯再次被判决（量刑减轻）。在母亲的帮助下，开始翻译罗斯金的《亚眠圣经》，后来雷纳尔多·哈恩的表妹玛丽·诺德林格也给他提供了帮助。

1900 年

罗斯金去世。马塞尔·普鲁斯特发表了一些关于罗斯金的文章。

4 月，和母亲去威尼斯旅行。

10 月，独自前往威尼斯旅行。普鲁斯特一家搬进巴黎库塞尔街 45 号。

1901 年

翻译完《亚眠圣经》。

1902 年

夏尔·哈斯去世。他的第二次"生命"将以斯万的名字开始。

10 月，到荷兰欣赏维米尔的《德尔夫特风光》。

1903 年

1 月，弟弟罗贝尔结婚。在《费加罗报》上发表一系列
关于沙龙的文章。

11 月，父亲阿德里安·普鲁斯特去世。

1904 年

1 月，开始翻译罗斯金的《芝麻与百合》。

2 月，法兰西信使报社出版《亚眠圣经》。

1905 年

6 月，参观惠斯勒画展，《追忆似水年华》中埃尔斯蒂
尔的原型之一。

8 月，发表关于罗贝尔·德·孟德斯鸠的文章《美学
教授》。

9 月，母亲让娜·普鲁斯特去世。

1906 年

5 月，法兰西信使报社出版《芝麻与百合》。《谈阅读》
的序言后来被收入《什锦与杂记》中，题目是《阅读的
时日》。

7 月，德雷福斯获得平反。

1907 年

2 月，《费加罗报》刊登《一个弑母者的孝心》（后被收入《什
锦与杂记》）。

8—9 月，去卡布尔度假，住在格朗酒店。遇到出租车司机阿尔弗雷德·阿格斯蒂内利。参观诺曼底老城和宗教建筑。

11 月，《费加罗报》刊登《乘车旅行印象记》。

1908 年

2—3 月，《费加罗报》刊登《什锦》（后被收入《什锦与杂记》）。

开始写关于圣伯夫的评论和一篇叙述，后整合为一篇文章；《驳圣伯夫》直到 1954 年才出版。

到卡布尔度假。

1909 年

驳圣伯夫文本被改写成小说。出版社拒绝出版。

1910 年

写作文章，即后来发表的《在斯万家那边》和《盖尔芒特家那边》。

1911 年

《心灵的间歇》的第一卷《失去的时光》，推荐给了法斯凯尔出版社；第二卷题为《重现的时光》。

1912 年

3 月，在《费加罗报》上发表小说的节选。

12 月，遭到法斯凯尔出版社和《新法兰西评论》拒绝。

1913 年

1 月，阿格斯蒂内利被雇为秘书，和女伴入住马塞尔·普鲁斯特家。

2 月，遭到欧伦托夫出版社拒绝。马塞尔·普鲁斯特向格拉塞出版社提出自费出版。

8 月，雇用塞莱斯特·阿尔巴雷。

11 月，格拉塞出版社出版《在斯万家那边》。

12 月，阿格斯蒂内利和女伴突然离开。

1914 年

3 月，《新法兰西评论》提出出版《在斯万家那边》续篇。

5 月，阿格斯蒂内利在飞行事故中丧生。写作《女逃亡者》。

8 月，"一战"爆发。马塞尔·普鲁斯特没有入伍。

1915 年

8—9 月，改革委员会。关于马塞尔·普鲁斯特提出的改革请求，一位军官向他提议："请简要说明，别给我写那么多烦琐的细节。"

因为"一战"，作品延迟出版。

勾勒《索多姆和戈摩尔》《女囚》和《女逃亡者》的大体框架。

1916 年

9 月，和格拉塞出版社中断合作，转而和伽利玛出版社合作。和保罗·毛杭交往密切。

马塞尔·普鲁斯特经常出入妓院，观看性施虐受虐表演，
时刻担心警察破门而入。

1917 年
重新参加上流社会的活动和外出。创作小说。

1918 年
11 月，《在斯万家那边》和《在少女们身旁》（再版）
印刷。

1919 年
搬入巴黎哈梅林街 44 号。出版《什锦与杂记》和《在
斯万家那边》（再版）以及《在少女们身旁》。
12 月，《在少女们身旁》荣获龚古尔奖。

1920 年
1 月，《新法兰西评论》刊登《论福楼拜的风格》。
9 月，获得荣誉骑士勋章。
10 月，《盖尔芒特家那边第一卷》出版。
11 月，为保罗·毛杭的《温柔的库存》作序，题为《论
风格》。

1921 年
5 月，《盖尔芒特家那边（Ⅱ）》和《索多姆和戈摩尔（Ⅰ）》
出版。

国家影像美术馆举办荷兰画展，马塞尔·普鲁斯特再次看到维米尔的《德尔夫特风光》，从中获取灵感，创作贝格特之死的场景。

1922 年

4 月，《索多姆和戈摩尔（Ⅱ）》面世。

5 月，和毕加索、乔伊斯、斯特拉文斯基共进晚餐。

11 月 18 日，马塞尔·普鲁斯特去世。

参 考 文 献

马塞尔·普鲁斯特著

À la recherche du temps perdu, Gallimard, La Pléiade, 1987-1989.

Les Plaisirs et les Jours, Gallimard, 1924.

Jean Santeuil, de Fallois, Gallimard, 1952.

Pastiches et Mélanges, Gallimard, 1919.

Contre Sainte-Beuve, de Fallois, 1954.

Chroniques, Gallimard, 1927.

L'Indifférent, Gallimard, *NRF*, 1978.

Traduction, notes et préface de *La Bible d'Amiens*, John Ruskin, Mercure de France, 1904.

Traduction, notes et préface de Sésame et les Lys, John Ruskin, Mercure de France, 1906.

关于马塞尔·普鲁斯特

传 记

Évelyne Bloch-Dano, *Madame Proust*, Le Livre de Poche, 2004.

Ghislain de Diesbach, *Proust*, Perrin, 1991.

André Ferré, *Les Années de collège de Marcel Proust*, Gallimard, 1959.

Claude Mauriac, *Proust par lui-même*, Le Seuil, 1953.

André Maurois, *À la recherche de Marcel Proust*, Hachette, 1949.

George D. Painter, *Marcel Proust*, Taillandier, édition 2008.

Christian Péchenard, *Proust et son père*, Quai Voltaire, 1993.

Léon-Pierre Quint, *Marcel Proust, sa vie, son œuvre*, Le Sagittaire, 1935.

Jean-Yves Tadié, *Marcel Proust*, Gallimard, coll. « Folio », 1996.

Jean-Yves Tadié, *Proust, La cathédrale du temps*, Gallimard Découvertes.

论著和评论

Hommage à Marcel Proust, Nouvelle Revue Française, 1923.

Henri Bonnet, *Les Amours et la sexualité de Marcel Proust*, Librairie A. G. Nizet, 1985.

Bernard Brun, *Marcel Proust, Idées reçues*, Le Cavalier Bleu, 2007.

Nicolas Grimaldi, *La Jalousie, étude sur l'imaginaire proustien*, Actes Sud, 1993.

Jérôme Prieur, *Proust fantôme*, Gallimard, coll. « Folio », 2006.

书 信

Correspondance avec sa mère 1887-1905, Plon, 1953.

Correspondance 1880-1895, Plon, 1970.

Louis de Robert, *Comment débuta Marcel Proust,* Gallimard, 1969.

Correspondance, Flammarion, 2007.

见证与回忆录

Céleste Albaret, *Monsieur Proust*, Laffont, 1973.

Robert Dreyfus, *Souvenirs sur Marcel Proust*, Grasset, 1926.

Maurice Duplay, « Mon ami Marcel Proust, souvenirs intimes », *Cahiers Marcel Proust*, Gallimard, 1972.

Fernand Gregh, *Mon amitié avec Marcel Proust*, Grasset, 1958.

René Peter, *Une saison avec Marcel Proust*, Gallimard, 2005.

其 他

Le Monde de Proust vu par Paul Nadar, Éditions du patrimoine, 1999.

Anne Martin-Fugier, *Les Salons de la IIIe République*, Perrin, 2003.

Vincent Duclert, *L'Affaire Dreyfus*, Larousse, 2006.

"他们的 20 岁"书系

由本社编者特邀上海万墨轩图书有限公司

闫青华联合策划